AF237658

In der Energetik ist es ganz einfach.

Etwas, dass dir im Außen begegnet, ist bereits in dir angelegt.

Entweder als Vorausschau deiner Zukunft, einem gegenwärtigen Entwicklungsprozess oder als Erinnerung der Vergangenheit.

Und wenn das bedeutet, dass ich dir nur begegnen konnte, weil etwas von deiner Energie und deinem Wesen sich in mir in der vergangenen Zeit ausgeprägt hat, bin ich unbeschreiblich dankbar, dass durch dich erfahren haben zu dürfen.

Selbst, wenn wir uns vielleicht niemals wiedersehen.

Mia an Franccis

Verführe meinen Verstand
Und du bekommst meinen Körper...

Finde meine Seele
Und ich bin auf ewig dein

~ unbekannt

Stefanie Kempe

Franccis & Mia

Bibliografische Information der Deutschen Nationalbibliothek:
Die Deutsche Nationalbibliothek verzeichnet diese Publikation in der
Deutschen Nationalbibliografie; detaillierte bibliografische Daten sind
im Internet über http://dnb.dnb.de abrufbar.

© 2023 Stefanie Kempe

Herstellung und Verlag: BoD – Books on Demand, Norderstedt

ISBN: 978-3-7543-0102-9

Weißt du, Menschen geben der physikalischen Zeit eine zu große Bedeutung.

Unserer Seele ist es vollkommen egal, wie lange wir uns kennen.

Sie kann nach 3 Tagen feststellen, dass wir zusammenbleiben wollen. Vielleicht müssen, weil es unserem früher vereinbarten Seelenvertrag entspricht.

So etwas nennen die Menschen dann Schicksal. Die zwei fühlenden Menschen können es sich nicht erklären.

Genauso gut kann sie nach 30 Jahren feststellen, dass es an der Zeit ist, getrennte Wege zu gehen.

Wichtig ist, dass wir bei diesen Entscheidungen unseren Verstand ausschalten und uns dem Prozess hingeben. Für alles weitere, die vom Leben kreierten Konstrukte wie Kinder, Partner oder Wohnorte gibt es immer eine Lösung. Du musst nur dem Ruf deiner Seele folgen wollen.

Mia

PROLOG

Mireille, März 1645

Es ist kalt in Paris. Der Winter scheint sich noch nicht verabschieden zu wollen und das Frühjahr lässt sich offensichtlich nicht dazu bewegen, durch erste zarte Sonnenstrahlen die schweren Gemüter der grimmig dreinblickenden Menschen wach zu küssen. Mit äußerster Vorsicht lasse ich meinen Blick über die Straße schweifen, während ich hinter der Ecke einer heruntergekommenen Gastwirtschaft lauere. Ich vertraue auch dieses Mal darauf, dass der Wirt wie jeden Abend, kurz nachdem die Glocken der Kathedrale Neun geschlagen haben, die Hintertür seiner schäbigen Unterkunft öffnen und die Reste der heutigen Mittagsmahlzeit auf dem Boden abstellen wird. Ich mach das hier nicht zum ersten Mal, deshalb weiß ich, dass er eine Vermutung hat, wer sich an den übriggebliebenen Essensresten vergreift. Ich erinnere mich noch gut an den Moment, der mich vor nicht allzu langer Zeit beinahe die einzige warme Mahlzeit am Tag hätte kosten können. Eines Abends habe ich mich ein wenig verspätet und den Blick gesehen, der sich auf seinem speckigen Gesicht abgezeichnet hat, als er nach Ladenschluss seinen Müll beiseite räumen will und erkennen muss, dass dieser nicht mehr dort steht, wo er ihn hinterlassen hat.

Wo er sich anfangs sicher war, die Köter von der Straße würden sich an seinem Müll bedienen, musste er sich an diesem Abend noch einmal in den Hinterhof verirrt haben, als ich soeben dabei war, eben jene Essensreste unter meinem schweren, grauen Fleece Mantel zu verstecken. Einen Moment zu spät jedoch huschte ich wieder zurück um die Ecke der Gastwirtschaft und vernahm plötzlich ein wütendes Grunzen, welches mir einen unangenehmen Schauer über den Rücken jagte. Doch trotz dieser Reaktion finde ich die Reste seither nicht mehr unachtsam auf dem Boden verteilt, sondern fast liebevoll angehäuft in einer Schale vor. Da ich von meinen Eltern Anstand gelehrt bekommen habe, stelle ich diese Schale jeden Tag, noch bevor der Morgen dämmert und ich dabei erwischt werden kann, wieder an die gleiche Stelle, wo ich sie am Abend vorgefunden habe, zurück. Ich bin dem alten Wirt sehr dankbar dafür, dass er seither nicht erneut versucht hat, einen Blick aus der Tür zu werfen, wenn ich gerade dabei bin, eine Art Diebstahl zu begehen.

Doch was bleibt mir auch anderes übrig? Mit dem bisschen Geld, das ich mir durch Gefälligkeiten der Aristokraten zusammenpicke, komme ich nicht über den

Monat hinaus. Auch an diesem Abend verstecke ich mein Erbeutetes wieder tief unter den vielen Schichten meines Mantels und husche so schnell und unauffällig wie möglich um die Ecke. Es dauert keine 15 Minuten, bis ich mich in einer von Matsch übersäten Gasse wiederfinde, in der ich mich die meiste Zeit meines Lebens aufgehalten habe, seitdem Mutter und Vater ums Leben gekommen sind. Nur wenige Schritte den knöcheltiefen Matsch entlang wende ich mich nach rechts, um die Tür einer kleinen Holznische zu öffnen, die in „mein Haus" führt.

Ein spärlich ausgestattetes Zimmer begrüßt mich in der Stille der Nacht. Bevor ich den Mantel ablegen kann, klaube ich die Essensreste darunter hervor und wandere schließlich mit der heute prall gefüllten Schale zu dem quadratischen Holztisch in der Mitte des Raumes, um, nachdem ich die Schale mit einem dankbaren Lächeln auf dem Gesicht auf dem Tisch drapiert habe, die Kerze, meine einzige Lichtquelle, anzuzünden. Beim Anblick der noch übrig gebliebenen Hölzer in der Streichholzschachtel muss ich schlucken.

„Schon wieder gehen sie mir zu neige", denke ich im Stillen und versuche, den unangenehmen Druck in der Magengegend zu ignorieren, der mich daran erinnert, welche Dienste ich in der kommenden Zeit wieder erweisen muss, um mir mein Überleben zu sichern.

Doch in diesem Moment straffe ich meine Schultern, ziehe eines der noch übriggebliebenen Streichhölzer über die Zündseite, bringe die Kerze zum Leuchten und damit ein anfängliches Gefühl von Wärme in die vier Wände, die mich umgeben. Nachdem ich die Schachtel mit dem abgebrannten Holzstäbchen wieder auf dem Tisch abgelegt habe, streiche ich mir meine am unteren Saum vom Matsch beschmutzen Röcke glatt und schaue mich um.

Der Raum umfasst ungefähr sechs Schritte in die Länge und vier in die Breite. An der langen Seite zu meiner Linken befindet sich eine spartanisch eingerichtete Küche, die nur aus einer Spülecke und einem alten Ofen besteht. Vor Kopf erkenne ich im Flackern des Kerzenscheins das Regal mit meinen Vorräten und abschließend zu meiner Rechten ein aus Holzbalken zusammengeschustertes Bett, welches ich mit Stroh gefüllten Stoffen ausgekleidet habe, um eine einigermaßen weiche Nachtruhe genießen zu können. In der Decke sehe ich die großen Löcher wie kleine Teufel in meine Richtung gaffen und wende schnell den Blick ab, um mich endlich meiner Abendmahlzeit zu widmen.

Merklich erschöpft lasse ich mich auf den einzigen Stuhl im Raum sinken, greife zu der silbernen Gabel, die ich mir aus der Zeit, in der es mein Elternhaus noch gab, habe aufbewahren können und genieße im stillen Licht des nervös flackernden Kerzenscheins mein Abendessen. Bei dem Gedanken an den morgigen Tag wird mir wieder einmal bewusst, wie wichtig diese Stärkung für meinen ausgemergelten Körper ist und schicke ein Stoßgebet an den Wirt in Richtung Himmel. Nachdem ich schließlich die Schale geleert und auf dem Ofen abgestellt habe, tragen mich meine müden Beine tapfer die letzten Schritte des Tages in Richtung Bett, wo ich schnell meine Kleider vom Leib streife und mich in meinem Unterrock mit der durch Löcher zerfressenen Decke einhülle.

Der nächste Morgen lässt nicht lange auf sich warten. Das Knattern der Karren im Matsch und die schwer auf den Boden polternden Hufe der Pferde wecken mich aus einem traumlosen Schlaf auf. Ich spüre die Kälte in meinen Knochen wie eine altbekannte Freundin, die mich jeden Morgen aufs Neue aus dem Schlaf kitzelt und ziehe die löchrige Decke nur noch für einen kurzen Moment ein wenig fester um meinen Körper, bis ich sie schließlich zur Seite werfe und die Füße auf den steinigen Boden stelle.

An diesem Tag lasse ich die Tageskleidung jedoch unbeachtet auf dem Stuhl liegen und wende mich dem Regal zu, welches von dem durch das Küchenfenster einfallenden Licht der aufgehenden Sonne sanft wachgeküsst wird. Auf der Rückseite des Regals habe ich eine kleine Nische gefunden. In dieser Nische bewahre ich, neben der Gabel meiner Eltern, das mir teuerste Gut auf: mein Kleid. Auch wenn mich dieses Kleid auf der einen Seite an die unangenehmsten Momente meines Tages erinnert, lässt es mich dennoch immer wieder in den

Gedanken an eine fast vergessene Zeit schwelgen und das Gefühl in mir hervorrufen, dass es für mich trotz der aktuellen Umstände eine Hoffnung auf Glück und Wohlstand im Leben gibt. Eine kleine, aber tief in mir lodernde Flamme der Hoffnung, dass dies hier nicht das Ende meiner Geschichte sein muss. In dieser Holznische, in dieser Kälte und in dieser Einsamkeit. Langsam bewege ich mich auf die Rückseite des Regals zu, greife den weichen, samtenen Stoff und ziehe es hervor. Manchmal spüre ich den Impuls, die Augen zusammenkneifen zu müssen, wenn ich es längere Zeit nicht mehr hervorgeholt habe, denn in seiner eisblauen Farbe scheint es den gesamten Raum zu erhellen. Der vorne leicht gekürzte Schnitt mit den vielen langen Lagen hochwertigem Baumwollstoff an der Rückseite macht es für mich zu einem absoluten Juwel.

Kaum eine Frau habe ich mit so einem modernen Kleiderschnitt bisher durch die Straßen laufen sehen. Selbst im Herrenhaus begegnen mir die dort anwesenden Damen mit Blicken der Bewunderung, sobald meine zierliche Gestalt an der Seite eines angesehenen Mannes in diesem atemberaubenden Kleid erscheint. Und ausschließlich dort gibt es die ein oder andere Frau, die sich solch ein besonderes Kleid hat nähen lassen, doch selbst diese sind an einer Hand abzuzählen.

Langsam winde ich mich aus meinen feuchten und kühlen Unterröcken, lege das Kleid vorsichtig auf dem

Weg zum Spülbecken auf dem Tisch ab und beginne, Wasser aus dem Eimer neben dem Ofen in das Spülbecken zu füllen. Da auch das Holz knapp geworden ist, nutze ich das kalte Wasser, um mich vor meinem heutigen Besuch zu erfrischen, auch wenn der Blick auf den verschmutzten Lappen zur rechten des Spülbeckens den Gedanken zulässt, dass es sich bei dem Versuch um eine angemessene Hygiene in diesem Umfeld um bloße Zeitverschwendung handelt.

Als ich mich einigermaßen erfrischt fühle, wende ich mich zum Tisch und beginne nach und nach die frischen Unterröcke über meine blasse Haut zu streifen. Als ich nach dem seidenen, eisblauen Stoff greife, hineinsteige und meine Haut langsam durch die geöffnete Korsage den kühlen Stoff berührt habe ich das Gefühl, eine Zeitreisende zu sein. Mittlerweile geübt darin, ziehe ich mir die Ärmel zunächst vorsichtig über die linke, anschließend über die rechte Schulter und schnüre die Korsage sowohl unter genießerischer Konzentration aber schließlich einer nicht ausbleibenden leichten Anstrengung so fest wie möglich um meine eh schon schmale Taille.

Ich besitze keinen Spiegel, daher muss ich mich auf mein Gefühl verlassen, was das Aussehen meiner Haare und meiner Gesichtszüge betrifft. Mit den, zu einem seitlichen Zopf zusammengebundenem, dunkelblonden Haar falle ich zunächst nicht auf, wenn ich mich auf den Weg in Richtung Herrenhaus mache. Erst kurz vor meiner

Ankunft werde ich es öffnen, mir ein paar Mal in die Wangen kneifen, um einen frischen Teint zu zaubern und schließlich die Hallen betreten.

Ich schaue mich noch ein letztes Mal in meiner mittlerweile vom Sonnenlicht erhellten Kammer um, ignoriere trotz der immer wieder in mir aufsteigenden Sorge den dreckigen Boden und die löchrigen Holzwände, greife anschließend ein weiteres Mal hinter das Regal, um mir das letzte noch vorhandene Kleidungsstück, einen lumpenartigen grauen Mantel zu greifen und so über die Schultern zu werfen, dass nichts mehr von dem wunderschönen Stoff zu sehen ist. Niemand muss erkennen, dass nicht mehr das unscheinbare Mädchen von gestern Abend diese Kammer verlässt.

Ohne hastig zu wirken, stapfe ich schnellen Schrittes durch die matschige Gasse, hinaus auf die lebendigen Straßen der Pariser Innenstadt. Vor der Kathedrale halte ich einen Moment inne, um zu kontrollieren, ob ich vorsichtig genug mit meinem Kleid umgegangen bin. Hat es sich im Schmutz des unwegsamen Bodens einen Fleck am Saum zugezogen? Nur wenige Wochen zuvor war ich in Eile und dadurch im Eifer des Gefechts nicht sorgsam genug gewesen, musste umkehren, den Fleck aus dem Kleid waschen und mir anschließend am Herrenhaus eine Rüge einfangen. In Gedanken versunken an die vergangenen Erlebnisse und nach eindringlicher Inspektion des eisblauen Saumes merke ich, dass ich den

Atem angehalten haben muss. Ich lasse sowohl mein Kleid als auch die Luft in meinen Lungen los und den grauen Mantel schnell wieder über den Saum des Kleides fallen, um nicht für Aufsehen zu sorgen.

Zielstrebig gehe ich geradewegs auf die Kathedrale zu, um kurz vorher in die Dunkelheit einer Straße zu ihrer linken einzutauchen. Diese Straße bereitet mir seit jeher ein unangenehmes Bauchgefühl und ich versuche sie so schnell und unentdeckt wie nur möglich zu passieren. In den Schatten der Hintereingänge kann ich den schweren Atem verzweifelter und hungriger Menschen wahrnehmen, die nur zu gerne ein hübsches und junges Mädchen wie mich ihr Eigentum nennen würden. Daher hüte ich das Wissen um mein einsames Dasein wie ein kostbares Juwel. Würden die Menschen in diesem Viertel der Stadt erfahren, dass ich ohne jeglichen Beistand ein einsames Dasein in der Holzhütte friste, wäre die Jagd auf mich eröffnet.

Doch in dem Moment, als die Dunkelheit des Weges sich dem weiten Land öffnet spüre ich, wie sich eine befreiende Weite in meinem Brustkorb ausbreitet. Ich lasse für einen Moment meinen Blick über die goldenen Felder und grünen Wiesen schweifen. Auch wenn mich der Weg fast eine halbe Stunde Fußmarsch kostet, halte ich jedes Mal für einen kurzen Moment inne und lege etwas von dem Frieden und der Schönheit der Natur in meinem Herzen ab. Ich setze meinen Weg fort. Vorbei an immer prächtiger wirkenden Bäumen, die alleeförmig den Weg zu beiden Seiten des Weges schmücken, sehe ich nur eine Weggabelung später die Giebel und Türme des Herrenhauses in der Ferne vor mir in den Himmel emporragen. Ohne es als ein schlechtes Omen deuten zu wollen beobachte ich auf den letzten Schritten in Richtung Herrenhaus, wie sich der Himmel fast schlagartig verdunkelt. Dunkle Wolken ziehen auf und umkreisen das Gebäude wie die Krähen auf der Suche nach ihrer Beute.

Ohne lange zu zögern beschleunige ich meinen Schritt. Sollte auch nur ein Tropfen Feuchtigkeit mein Kleid berühren dürfte ich mich erneut der Rüge stellen, die mir allein beim Gedanken daran einen kalten Schauer über den Rücken rieseln lässt. Ich ziehe meine Kapuze über mein Haar und bewege mich im Laufschritt auf das Herrenhaus zu.

Als ich meinen Blick das nächste Mal anhebe habe ich die Eingangstür erreicht. Ein majestätisch wirkendes Portal aus schwerem Ahorn ragt vor mir empor. Die schmuckvollen Verzierungen scheinen sich endlos über das gesamte Holz zu verlieren und laden dazu ein, sich in die Geschichten einer Vielzahl darauf abgebildeten Tiere, Pflanzen, Fabelwesen aber auch Menschen und Zeichen fallen zu lassen und die Zeit zu vergessen.

Noch bevor ich meine Gedanken jedoch schweifen lassen geschweige denn die Hand an den Türklopfer legen kann, bewegt ich die schwere Tür unter beinahe wehklagendem Ächzen und ich werde von dem Dienstmädchen eingelassen. Schweigsam wie immer bedeutet sie mir, ihr meinen Mantel zu überreichen. Langsam schäle ich mich aus dem grauen Lumpen und spüre, wie mich eine Welle der Scham überrollt.

„Egal wie oft ich dieses Haus auch betreten werde, es wird sich nie wieder anfühlen wie früher", denke ich im Stillen während ich versuche dem fixierenden Blick des Dienstmädchens auszuweichen. Niemand in diesem Haus weiß, dass dieses Grundstück einst im Besitz meiner Familie lag. Wie auf Knopfdruck fliegen meine Gedanken für einen kurzen Moment hinfort zu lauen Sommerabenden auf der Terrasse und dem Lachen meiner Eltern im angrenzenden Salon als ich aus dem Augenwinkel eine Hand wahrnehme, die grob und ungeduldig nach meinem Mantel greift. Erschrocken reiße ich den Kopf nach oben und erblicke zwei eiskalte, mich fixierende Augen.

„Ich bitte um Verzeihung", murmle ich, während ich einen leichten Knicks andeute. Die Kälte in dem mir entgegenschießenden Blick hat augenblicklich jedwede wärmende Erinnerung an meine Kindheit vertrieben. Da ich nicht das erste Mal an diesen Ort geladen wurde wende ich mich in Richtung des, mir aus meiner Vergangenheit so wohl bekannten, Salons. Hier werde ich auf Francois warten. Doch just in dem Moment meiner Bewegung spüre ich die kalte Hand des Dienstmädchens auf meiner Schulter. Als könne kein Sturm der Welt sie von der Stelle forttreiben stellt sie sich mit breitem Stand vor die noch verschlossene Salontür. Ihre Arme wie Stein vor der Brust verschränkt schaut sie mir mit regungsloser Mine entgegen.

„Monsieur Claude befindet sich heute außer Haus. Daher leisten sie, Mademoiselle Mireille, heute seinem Bruder, Monsieur Franccois Gesellschaft", erklärte sie, ohne eine weitere Regung in ihren Gesichtszügen erkennen zu lassen. Während ich ihren Blick versuche so standhaft wie nur möglich zu erwidern meine ich ein schalkhaftes Leuchten in ihrer Pupille aufblitzen zu sehen. „Schwachsinn", murmle ich leise und löse den Blick von dem mir mittlerweile wieder abgewandten Dienstmädchen. Möglicherweise habe ich mir diese Lichtreflexion nur eingebildet. Ohne auf meine Zustimmung zu warten, bedeutet sie mir, ihr zu folgen. Doch auch als wir unseren Weg durch den langen Flur in Richtung Westflügel fortsetzen, lässt sich das plötzlich aufflammende Gefühl in meinem Bauch nicht abschütteln.

Doch selbst wenn ich nicht gewollt hätte, weil ich oft genug den Geschichten der Frauen gelauscht habe, die durch einen unangenehmen Zufall an eine neue Bekanntschaft vermittelt wurden, hatte ich keine Wahl. Dieses Geschäft sichert mein Überleben.

Eine schier endlose Zeit führt sie mich durch mir noch wage aus der Kindheit bekannte Gänge des Herrenhauses in den abgelegenen Teil des Westflügels, bis sie mir mit einer harschen Armbewegung zu verstehen gibt, vor der Tür zu meiner Rechten stehen zu bleiben. Doch noch bevor ich ihr mit einem Nicken bedeuten konnte, verstanden zu haben, sah ich sie schon in einer der Geheimtüren für Bedienstete untertauchen. Überrumpelt von der Stille nehme ich urplötzlich meinen trockenen Mund und ein unangenehmes Ziehen in meinem Bauch wahr. Doch in diesem Moment war keine Zeit für Angst und Sentimentalität. „Los jetzt. Reiß ich zusammen", flüstere ich und verbinde diese Worte mit meinen üblichen Gesten, um mich zu beruhigen. Ich streiche über den sanften Stoff meines Kleides, recke das Kinn, lasse meine Gefühle der Professionalität weichen und öffne, ohne zu klopfen, die Tür.

Von der Dunkelheit in dem Raum überrumpelt versuche ich mich im ersten Moment mit allen mir noch zu Verfügung stehenden Sinnen zu orientieren. Das Erste, was ich wahrnehmen kann, ist der dezente und betörende Duft eines männlichen Parfums. Ich kann die Noten kaum beschreiben, aber es bringt etwas so Diffuses mit sich, dass ich allein dem Duft dieses Raumes oder des Mannes, der sich noch im Dunkeln verbirgt, ohne zu zögern verfallen würde. Als ich diesen ersten Eindruck verarbeitet habe, nehme ich ein Geräusch zu meiner Rechten wahr. Der Raum ist erfüllt mit den Geräuschen eines knisternden Feuers. Und als sich meine Augen langsam an die Dunkelheit gewöhnt haben sehe ich seine Silhouette vor dem einzigen Stück Fenster, welches nicht von den schweren und dunklen Vorhängen bedeckt ist.

Ich erkenne seine breiten Schultern und die majestätische Haltung, mit der er den gesamten Raum für sich einnimmt. Einen Moment bleibe ich weiter in der noch geöffneten Tür stehen, besinne mich dann jedoch wieder meiner Aufgabe und lasse sie sanft hinter mir ins Schloss fallen. Nun ist es noch dunkler als zuvor. Lediglich der sanfte Schein des in der Ecke lodernden Feuers und der Lichteinfall hinter seiner Silhouette lassen mich nicht vollends die Orientierung verlieren.

Immer noch findet kein Wortwechsel statt. Doch ich erkenne, wie er sich zu mir umwendet. Mein Atem stockt, als er langsamen Schrittes auf mich zukommt. Viel zu nah kommt er vor mir zum Stehen. Eingehüllt in seiner Aura muss ich mich daran erinnern zu atmen. Ich traue mich nicht den Blick zu erheben und schaue daher weiterhin mit starrem Blick auf seinen Brustkorb. Ich sehe, wie er sich ein wenig schneller als gewohnt hebt und senkt.

„Schau mich an", befiehlt er. Ich gehorche und lasse meinen Blick langsam von seiner sich rhythmisch bewegenden Brust heraufwandern und muss um meine Fassung ringen als seine Augen in meine Seele eindringen.

Selbst in dieser fast vollständigen Dunkelheit sehe ich das eisblau seines Blickes und bin gefesselt von diesem Moment. „Wie kann das sein?", frage ich mich im Stillen und versuche dem Zittern meines Atems keine Aufmerksamkeit zu schenken.

Das Blau seiner Augen scheint ein Abbild des eisblauen Kleides zu sein, dass ich noch trage. Eine gefühlte Ewigkeit stehen wir dort, ohne ein Wort zu wechseln, ohne uns zu bewegen. Ich spüre, wie sich seine linke Hand langsam nach oben bewegt doch kurz bevor seine Finger meine Wange berühren innehält. In seinen Augen erkenne ich einen Hauch der Fassungslosigkeit aufflammen und bin verwirrt über dieses Flackern in seinen Augen.

Doch nach weniger als einem Atemzug spüre ich die sanfte Berührung seiner gesamten Hand an meiner Wange und automatisch, ohne dass ich es noch kontrollieren könnte, schmiegt sich mein Kopf an diese mir doch so fremde Hand. Ich höre, wie ihm in dem Moment meiner Hingabe ein tiefer Atemzug entfährt. Mit dieser unbeabsichtigten Geste habe ich ihm somit eine unausgesprochene Erlaubnis erteilt. Ich spüre, wie sich seine rechte Hand meinem Gesicht nähert, es umfasst und mich damit dazu bringt mich in dieses mir unbekannte Halten fallen zu lassen und meinen Kopf ganz automatisch nach unten abzusenken. In diesem Moment jedoch baut er einen leichten Druck auf, streicht mit den Daumen über meine Stirn und bittet mich schließlich mit einem weiteren vorsichtigen Druck meinen Kopf wieder zu heben.

Und ihm somit ein erneutes Mal in die Augen zu blicken. Dieses Mal bestätigt es sich mir, was ich bei unserem ersten Augenblick noch versucht habe, abzutun. Ich erkenne mich in ihm wieder. Und als hätte ich ihm eine endgültige stille Erlaubnis gegeben, lösen sich seine warmen Hände von meinem Gesicht, wandern meine Arme hinab zu meinen Händen und führen mich zu dem Bett, welches ich in der Dunkelheit noch nicht hatte erahnen können.

Nachdem er mich sanft auf dem seidenen Bettüberwurf abgelegt hat, verbringen wir eine atemberaubende Zeit miteinander. Jeder seiner Berührungen löst ein Feuerwerk der Gefühle in mir aus. Ich kann nicht mehr behaupten zu wissen an welchem Ort wir uns zu welcher Zeit befinden. Noch nie in meinem Leben habe ich so etwas empfinden dürfen. Mit seinen Händen und seinem Mund führt er mich in ein absolutes Loslassen, welches dafür sorgt, dass die Hitze zwischen meinen Beinen unerträglich wird. Ohne ein weiteres Wort befreite er mich immer weiter von meinen Kleidern bis wir gemeinsam, unbekleidet, Haut an Haut, Hitze an Härte aneinander liegen und unsere Körper nicht mehr lange über den nächsten Schritt nachdenken müssen. Ich spüre seine Härte zwischen meinen Beinen und öffne mich. Noch bevor ich weiß, was mir geschieht beweget er sich in mir und meine Sinne öffnen sich endgültig dem Nichts einer endlosen Leere. Ich weiß nicht wie viel Zeit vergangen sein muss, bis mein Bewusstsein wieder zurück zu mir fand. Das Einzige, woran ich mich noch erinnern kann ist das Gefühl seiner Lippen auf meiner Stirn.

Ich spüre den Stoff der Bettdecken zwischen meinen Beinen und versuche mich zu orientieren. Es ist immer noch genau so dunkel wie noch vor unserer intimen Begegnung und doch scheine ich mich in diesem Moment besser zurechtzufinden als zur Zeit meines Eintreffens. „Monsieur Franccois?", frage ich vorsichtig in die Dunkelheit hinein, erhalte jedoch auch nach mehreren Atemzügen keine Antwort. Eine seltsame Schwere breitet sich in meinem Bauch aus und ich wundere mich darüber, denn ansonsten empfinde ich nach diesen Geschäften nichts weiter als eine Art abgebrühte Härte, die jetzt anscheinend nicht vorhanden ist.

„Was war dieses Mal anders?", frage ich mich und lasse unser Treffen Revue passieren. Während ich meinen Gedanken nachhänge, spüre ich eine Wärme um meinen Brustkorb herum auftauchen. Ein Gefühl von Vermissen gesellt sich dazu. „Du weißt, dass du so etwas nicht empfinden darfst", mahne ich mich selbst und beginne mich langsam aus dem Tiefen der weichen Matratze zu erheben, meine Kleider aufzusuchen und sie mir überzustreifen. Da auch in den kommenden Momenten keine menschliche Seele mehr in diesem Raum aufzutauchen scheint wende ich mich der Tür zu. Als ich sie öffne rechne ich damit, dass es auch draußen mittlerweile dunkel geworden ist und werde daher unerwartet stark von dem Licht einer aufgehenden Sonne geblendet. Ich kneife die Augen zusammen und spüre, wie der Unglaube durch meinen Geist fährt. „Ich habe doch nicht etwa einen gesamten Tag und die Nacht in den Armen dieses Mannes verbracht?".

Es müssen mit Sicherheit drei Monate vergangen sein, seit ich ihm begegnet bin. Seither ist viel passiert. Ich sitze auf dem Stuhl vor dem Tisch in meiner Holznische und schaue an mir hinunter. Die Wölbung unter meinem Kleid ist nicht mehr zu verstecken. Erst wollte ich nicht glauben, was passiert ist. Doch ich kann es nicht mehr leugnen. Und sehe auch keinen Ausweg. Ich kann mich an niemanden wenden. Ein junges Mädchen. Geschwängert von einem reichen und angesehenen Mann. Ich muss ihn damit konfrontieren. Auch wenn das für mich und mein Kind das Schlimmste bedeuten könnte.

„Aber vielleicht nimmt er uns auf", flüstert eine zarte Stimme in mir. „Ja, vielleicht", antworte ich im Stillen und beginne mich langsam aus dem Stuhl zu erheben. Während ich mich in Richtung meines Geheimversteckes hinter dem Regal bewege, fasse ich den Entschluss, dem Herrenhaus den schon lange ausstehenden Besuch abzustatten. Ich darf keine Möglichkeit verstreiche lassen, mir mein, nein unser Überleben zu sichern. In Gedanken daran, wie sich mein Leben entwickeln würde, wenn er mich als seine Frau und das Kind als sein Eigen anerkennen würde ziehe ich ein letztes Mal mein noch passendes eisblaues Kleid an und mache mich auf den mir so bekannten Weg in Richtung Herrenhaus. Dieses Mal werde ich nicht erwartet und muss somit einige Male fest mit dem Türklopfer gegen die massive Eingangstür hämmern, bis mir geöffnet wird. Das Dienstmädchen öffnete und blickt mir mit einem nichtssagenden Blick entgegen.

„Wie kann ich ihnen helfen Mademoiselle?", fragte sie in einem der höflichsten Töne, die sie wohl für eine offensichtlich in Umstände geratene Frau aufbringen konnte.

„Ich wünsche Monsieur Franccois zu sprechen", antwortete ich mit der mir möglichen Stärke.

„Das tut mir leid. Monsieur Franccois ist derzeit beschäftigt", antwortet sie mit einem leicht verrutschten Blick auf die Wölbung unter meinem Kleid.

Doch in diesem Moment sah ich uns, aus dem langen Flur hinter dem Dienstmädchen, die mir so wohl bekannt gewordene Silhouette entgegenlaufen. An seiner Seite eine zweite, wesentlich zierlichere Gestalt. Als ich ohne zu zögern an dem Dienstmädchen das Haus betrete, welches nach kurzem Stocken erfolglos versucht, mich wieder des Hauses zu verweisen ergreift mein Blick seinen und ich weiß, dass er augenblicklich erkannt haben muss, mit wem er in diesem Moment konfrontiert wird. Doch als hätte er solch einen Moment schon des Öfteren erlebt legt sich ein fast angsteinflößender Schleier über seine eisblauen Augen und es erscheint ein förmliches Lächeln auf seinem Gesicht.

„Mademoiselle, herzlich Willkommen. Was ich für sie tun?", richtet er die Frage an mich, während ich den Blick wahrnehme, der langsam von meinen Augen auf meine Körpermitte wandern. Es folgt im Außen ein Moment der Stille doch in meinem Inneren tobt ein Sturm. Ich blicke von dem Gesicht des Vaters meines ungeborenen Kindes zu der Frau an seiner Seite und schweige.

„Ach wie unhöflich von mir", setzt er an, „darf ich vorstellen, meine Frau Claudia". Die zierliche Gestalt an seiner Seite neigt ihren Kopf zu einer höflichen Begrüßung und bemerkt schließlich ebenso die leichte Wölbung unter meinem Kleid.

„Ach meine Liebe, wie glücklich sie sein müssen. Wie ich sehe, erwarten sie in Kürze Nachwuchs", äußert sie erfreut das, was alle Umstehenden bisher versucht haben zu ignorieren. Franccois Blick viel nervös von dem Dienstmädchen auf mich, unsere Blicke treffen sich und in diesem Moment fing es vor meinem Inneren an zu rauschen.

„Wie darf ich ihnen weiterhelfen meine Liebe? Sind wir uns zuvor schon einmal begegnet?", fragte er mit der Mine eines ausgebildeten Herren der Aristokratie. Doch in diesem Moment weiteten sich meine Augen und er muss erkannt haben, dass ich verstanden habe, was er mit dieser Frage aussagen wollte:

„Das, was zwischen uns war ist niemals passiert. Ich werde dich und das Kind verleugnen. Selbst wenn das bedeutet, dass ihr zwei auf der Straße kläglich eingehen werdet."

Nachdem ich erkannt habe, dass dieser Besuch von Beginn an zur Verdammnis verflucht war, straffe ich meine Schultern, lasse, durch jahrelanges Training meine Emotionen zu unterdrücken, die Panik aus meinen Augen weichen und hörte mich aus Perspektive einer Zuschauerin sprechen: „Nein, danke Monsieur. Ihr Dienstmädchen hat mir alles weitere mit auf den Weg gegeben, was es benötigt".

Ich blicke noch ein letztes Mal in seine Augen, sah aber nichts mehr von dem tiefgründigen Gefühl der Verbindung unseres ersten Treffens, mache auf dem Absatz kehrt und gehe vorsichtigen Schrittes die Treppenstufe des Hauseinganges hinunter. Erst als ich die Tür hinter mir ins Schloss fallen höre, renne ich, so schnell wie es meine Beine zulassen, los und biege in den nächstmöglichen Waldabschnitt ein um einen kurzen Moment später wie ein Kartenhaus in mir zusammenzubrechen. Das Schluchzen und meine Tränen überwältigen mich und bevor ich mich versehen kann, finde ich mich in einem Dämmerzustand aus Verzweiflung und Hoffnungslosigkeit wieder, der es mir kaum noch erlaubt, einen weiteren Atemzug zu nehmen. In meinem Kopf wiederholt sich ständig der folgende Satz:

Er hat mich verleugnet. Er hat eine Frau. Er hat mich verleugnet. Er hat eine Frau. Er hat mich verleugnet. Er hat eine Frau.

Und heimlich macht sich eine Dunkelheit in mir breit. Eine Dunkelheit, die mich auf der einen Seite wärmt und auf der anderen Seite in eine starre Kälte hinabgleiten lässt. Eine Todesangst. Denn genau das ist es, was mich jetzt erwartet. Niemals werde ich ein Kind durch den Winter bringen können. Niemals werden wir beide es Überleben.

Mia, August 2010. 4.55 Uhr.

Mein rechter Arm berührt das Kopfkissen auf der anderen Seite des Bettes. Leere. Als mich die Erinnerungen an die vergangenen Stunden einholen wird mir übel. Ich saß mit dem Bruder meines Freundes in unserem gemeinsamen Wohnzimmer in der 2. Etage des Wohnhauses meiner Schwiegereltern. Ich hatte ihn angerufen und gefragt ob er Lust hätte mich zu besuchen, da Marc immer noch nicht wieder zu Hause sei und ich mir nicht allein die Zeit um die Ohren schlagen wolle. Erfreut über meinen Anruf stimmte er zu und keine 10 Minuten später saßen wir gemeinsam vor der Wii und zockten Zelda. Doch als ich auch um vier Uhr morgens keine Antwort auf meine Anrufe erhalten hatte entschlossen wir uns beide dazu ins Bett zu gehen. Tim versichert mir, dass er mit Sicherheit nur länger hat arbeiten müssen und deswegen über Nacht bei einem Kollegen geblieben sei. Auch wenn es lieb gemeint schien, kaufte ich ihm in diesem Moment kein Wort ab.

Ich falle in einen unruhigen Schlaf, werde mir immer wieder über die Leere an meiner Seite bewusst und muss feststellen, wie ich mit einer mir nicht bekannten Schwere im Bauch am nächsten Morgen aufwache. Es fühlt sich an, als würde ein Klumpen Kaugummi gewendet in Vogelfedern und einer Menge Teer in meiner Mitte rumoren. Auf einmal höre ich das Klicken der Tür und sehe, wie Marc den Flur betritt. Ich stehe aus dem Bett auf, gehe auf ihn zu, sehe ihm in die Augen und breche mitten vor ihm zusammen. Er hat mich betrogen.

In diesem Moment konnte ich förmlich spüren, wie etwas Dunkles mich begrüßte. Eine Art Kreatur. In Form eines Panthers, mit langen Klauen aber einem zotteligen langen Fell und rot leuchtenden Augen. Lange, spitze Zähne. Diese dunkle Energie bäumte sich innerlich vor mir auf. Bäumte sich auf, vor dem auf dem Boden liegenden Mädchen, welches durch seinen Betrug an einen Verlust erinnert wurde, den es eines Tages in weiter Vergangenheit schon einmal erfahren hatte und dessen Schmerz niemals hatte aufgelöst werden können.

Heute wurde er wieder heraufbeschworen und ein Teil in ihr hat sich dazu entschlossen, so etwas nie wieder fühlen zu müssen. Nie wieder die Kontrolle zu verlieren. Sich nie wieder hinzugeben und sich niemals wieder vollkommen in dem Moment, dem Gefühl oder einem anderen Menschen zu verlieren.

März 2013. 2.00 Uhr.

Ich stehe mit meinem Opel Corsa auf dem Parkplatz vor einem Club und bin nervös. Eine merkwürdige Art der Vorfreude durchströmt meinen gesamten Körper. Wir hatten uns mit dem Versprechen verabredet, dass es neben dem Club einen Raum gibt, in dem wir ein bisschen Zeit für uns haben können. Einen Moment erinnerte ich mich an unsere letzte Begegnung. Wie er mir in die Augen sah und seine Hand sanft meine Wange berührte.

Ich sehe gut aus. Eine an den Knien aufgerissene Blue Jeans, ein Top mit Wasserfallausschnitt, schwarze High Heels und mein langes blondes Haar glatt und offen. Doch anstatt mich weiter in meinen Tagtraum fallen zu lassen ziehe ich den Schlüssel aus dem Zündschloss, schnappe mir meine Tasche und mache mich auf den Weg in Richtung Club. Ich sehe Dennis schon aus einiger Entfernung vor dem Haupteingang auf mich warten. Als er mich hinter einer Traube leicht angeheiterter Frauen entdeckt huscht ihm sein diebisches Lächeln über den Mundwinkel. Er ergreift meine Hand und geht zielstrebig mit mir an der Schlange wartender Menschen vorbei. Nach einem kurzen Gespräch mit dem Clubbesitzer hält er den Schlüssel zu unserem Raum in der Hand und lässt mich ihm folgen.

Als bekannter DJ hatte er die nötigen Verbindungen, sodass ihm im wahrsten Sinne des Wortes alle Türen offenstehen. Kaum eine Minute später spüre ich seine Hände an meiner Hüfte. Ich kann grade noch Luft holen, da hebt er mich auch schon auf den Tresen und ich finde seine Lippen auf meinen. An Lisa denke ich keine Minute mehr.

August 2015.

Ich bin nicht mehr in Deutschland. Die kanarische Sonne strahlt auf mein Gesicht, während ich an der Wassersportstation des Robinson Clubs auf Fuerteventura sitze und meinen freien Tag genieße. In der Zwischenzeit beobachte ich Flo dabei, wie er ein Katamaran nach dem anderen für die Gäste auf das Wasser schiebt. Kurze Zeit später entdeckt er mich, haucht mir ein sanftes „Ola Chica" entgegen und kitzelt mich, während eines sanften Kusses auf die Wange, mit seinen vom Salzwasser gehärteten Haaren. Für mehr hatte ich mich gar nicht auf den Weg gemacht. „Bis heute Abend! Um 22 Uhr bin ich bei dir", flüstere ich ihm zu, schenke ihm ein verwegenes Zwinkern und verlasse den Strand.

Nach einer atemberaubenden Nacht mache ich mich für meinen Jahresurlaub auf den Weg in die Heimat. Dort angekommen versuche ich immer wieder einen einigermaßen beständigen Kontakt mit Flo zu halten. In meinem Körper beginnt sich jedoch heimlich etwas auszubreiten. Ich kenne dieses dunkle Gefühl mittlerweile gut. Dieses Gefühl, dass mir dabei helfen will, stark zu bleiben und die Kontrolle zu behalten. Dieses Gefühl das mich in Sicherheit wissen will. Dieses Gefühl, andere lieber zu manipulieren, als jemals wieder verletzt zu werden.

Nach einer Woche in der Heimat komme ich wieder in der brütend heißen Sonne meiner zweiten Heimat an. Und sehe Floh. Mit Marisa. Eine eiserne Zange setzt sich um mein Herz. Die Dunkelheit überkommt mich. Ich gehe. Noch an diesem Abend suche ich das Gespräch mit ihm. Wie er unsere Zeit und die letzte gemeinsame Nacht einfach so übergehen könne, frage ich ihn. Nach seiner Antwort erlischt der letzte Funken Hingabe in meinen Augen.

„Was meinst du? Ich kann nicht an nichts mehr erinnern."

Januar 2017.

Ich nehme ihn mit in meine Wohnung. In meinem schwarzen Kleid, den Smokey Eyes und meinen Overknee Stiefeln hatte ich einen guten Abend an der Bar mit den Gästen meines Clubhotels verbracht und mein Ziel erreicht. Basti, der großkotzige Abteilungsleiter, liegt in meinem Bett und will nichts anderes als mich. Doch das Spiel läuft wie immer nach meinen Regeln.

März 2017.

Phil kämpft um mein Herz. Immer wieder gibt er sich die größte Mühe mich dazu zu bewegen mich fallen zu lassen. Und vielleicht habe ich es bei ihm auch manchmal geschafft. Doch solange ich mich noch an unsere gemeinsamen Nächte erinnern kann weiß ich, dass ich immer noch diejenige war, die die Kontrolle behält. Ich wusste immer besser welche Knöpfe ich drücken musste und welche Bewegungen zu welcher Reaktion unter mir führten. Ich spiele weiter.

Denn nur so war ich sicher. Nur so konnte der dunkle Panther in mir dafür sorgen, dass ich nie wieder den Schmerz erfahren würde, der mir damals widerfahren war.

Die Wahrheit

Doch so kontrolliert, begehrt und verführerisch ich auch bin. Niemals bleibt jemand bei mir. Immer wieder sind es am Ende des Tages das dunkle Loch und ich. Wir teilen uns das Bett miteinander. Es ist immer da, wenn ich nach einer durchzechten Nacht auf mein Handy schaue und erkennen musste, dass mir niemand geschrieben hat. Als ich erkennen muss, dass der Panther und das verletzte Kind in mir miteinander ringen und ich auf der einen Seite kontrollieren aber auf der anderen Seite klopfend an der Tür eines Mannes stehen, um hineingelassen zu werden. Auf der Suche nach Vertrauen und Nähe.

Ich fühle mich wie in der Hölle eines Jahrhunderte alten Schicksals gefangen. Tagsüber drücke ich die Knöpfe für mein persönliches Leben. Jeder erhält von mir, was er sich wünscht. Talentiert, ausdrucksstark, professionell. In der Nacht verdunkeln sich meine Augen, ein Schleier zieht sich durch mein Bewusstsein und ich mache mich auf die

Suche. Wie ein hungriges Raubtier auf dem Weg eine neue Beute zu ergattern. Und das alles nur, um am nächsten Morgen wieder mit schmerzendem Herzen und dem klaffenden Loch in der Mitte meines Körpers aufzuwachen und einem inneren Kind, welches hilflos und auf der Suche nach wahrhaftiger Nähe weinend und erschöpft in der Ecke liegt.

EINS

„Nein, das ist wirklich absolut in Ordnung für mich. Ich weiß doch wie gerne du dir so etwas ansiehst. Nimm einfach den Gutschein und löse ihn ein. Schnapp dir eine Freundin und los geht's", sagt meine Mama, während sie mir leicht genervt das schwarze Päckchen mit den silbernen Lettern vor die Nase hält.

„Bist du dir sicher? Das Geschenk habe ich Papa und dir vor fast acht Jahren gemacht. Willst du ihn wirklich nicht selbst einlösen?", erwidere ich mich sichtlich erstaunter Miene und sichere mich mit meiner Frage zum wiederholten Male ab.

„Nein, nein. Mach dir einen schönen Abend. Ganz sicher." Mit einer lässigen Handbewegung wischt sie galant mein schlechtes Gewissen beiseite und lässt mich mit dem Päckchen in der Hand allein im Flur stehen, während sie sich wieder auf den Weg in die Küche macht, um sich der Zubereitung des Mittagessens zu widmen.

„Also gut", denke ich mir im Stillen, zucke fast unmerklich mit den Schultern und wende mich in die entgegengesetzte Richtung des Flurs in Richtung Treppe. Auf dem Weg hinauf in meine Wohnung muss ich nicht lange überlegen, mit wem ich diesen Gutschein gerne teilen will. Meine Freundin Caro und ich hatten erst vor Kurzem damit begonnen das Kulturleben für uns wiederzuentdecken und somit kommt der Gutschein für ein Varieté Theater doch wie gerufen. Ich schnappe mir mein Smartphone, öffne den Messenger sowie unseren Chatverlauf und erzähle ihr von meiner neuen Errungenschaft. Von der Euphorie gepackt sende ich ihr noch einige Videotrailer der einzelnen Shows in unterschiedlichen Häusern und kann die Spannung kaum abwarten, für welche Show sie sich entscheiden würde.

„Mhhh, weißt du, wenn ich ehrlich sein darf, spricht mich nichts davon wirklich an", erhalte ich schon kurze Zeit später als Antwort. Einen kurzen Moment starre ich den Bildschirm meines Smartphones an und weiß nicht, wie ich reagieren solle. Ein leichtes Ziehen macht sich in meinem Sakral breit und eine kalte Hand der Angst packt mich im Nacken.

„Wie, dich spricht nichts richtig davon an? Das ist doch Tanz und Schauspiel und Musik…", versuche ich ihr zu erklären.

„Ja, aber irgendwie… mein Bauchgefühl ist einfach nicht voll bei der Sache. Und sagst du nicht immer, man soll nur Dinge machen, bei denen der Bauch YES schreit?"

Und mit dieser Aussage hatte sie mich mit meinen eigenen Waffen geschlagen. Nachdem ich noch einige Minuten hin und herüberlege, mit welchen Argumenten ich sie möglicherweise doch davon überzeugen kann, sich auf dieses Abenteuer einzulassen, gebe ich schließlich auf.

„Einverstanden. Nicht schlimm.", antworte ich ein wenig resigniert und stelle im Hinterkopf direkt

Nachforschungen zu anderen potenziellen Varieté Partnern an. Ich lege mein Smartphone zur Seite und lasse mich auf mein Bett sinken. Doch an diesem Abend will mir die Lösung nicht einfallen. Mein Bauch sagt einfach zu keiner Person YES. Nachdem ich mich im Bad für den Abend vorbreitet habe nutze ich die restliche Zeit, um mir eine Tasse Kräutertee zuzubereiten, mit der ich mich anschließend noch für einen kurzen Moment auf mein kleines Ecksofa setzte. „Dann schlafe ich halt eine Nacht drüber", murmle ich leicht angesäuert von meiner eigenen Unentschlossenheit vor mich hin und lasse meinen Kopf auf die weiche Kante meines Sofas sinken.

Doch auch am kommenden Tag bin ich kein Stück schlauer. Somit entschließe ich mich dazu, die Sache einfach ad acta zu legen. „Denn Varieté gibt es immer und irgendwann wird sich schon jemand finden, mit dem ich dorthin fahren kann", denke ich im Stillen in mich hinein. Doch irgendwie lässt mich die Sache einfach nicht los. Am nächsten Abend schnappe ich mir zum erneuten Mal die Schachtel mit dem Gutschein, öffne meinen Laptop und schaue mir in Ruhe die einzelnen Showtrailer an.

„Dann gehe ich halt allein", denke ich mir in diesem Moment. „Warum sollte ich mir ein so wundervolles Erlebnis entgehen lassen, nur weil ich niemanden finde, der mich begleiten will. Oder besser gesagt, von dem ich begleitet werden möchte? Die letzten Jahre habe ich es lieben gelernt, Dinge allein zu unternehmen. Also handelt es sich hierbei doch einfach um das wundervollste Date mit mir selbst."

Mit dieser Entschlossenheit fällt meine Entscheidung sehr schnell auf das Stück „Bookshop". Es scheint wie für mich gemacht. In dem Buchladen von Frau Sonntag verwirklichen sich während des Lesens die Protagonisten bekannter Geschichten. Für mich, als absolute Büchernärrin, einfach genau das Richtige.

Ich zögere keine Sekunde länger, beginne den Bestellvorgang und bleibe erst wieder am Saalplan hängen, der mich mit seiner einfachen Präsenz auf dem Bildschirm meines Laptops dazu auffordert, eine Entscheidung für die Zukunft zu treffen. Vorne oder hinten? Gruppentisch oder Zweiersessel? Für einen kurzen Moment lehne ich mich, in mein mit weißer Bettwäsche und frisch bezogenem Bett, zurück und überlege. Zwei Sekunden. Dann ist die Entscheidung getroffen. Tisch 2 Platz 2. Ganz vorne. Mit der Nase förmlich in der Bühne. Mittig. Ganz mein Stil.

Mit einem wohligen Gefühl im Bauch beende ich den Bestellvorgang, schließe meinen Laptop, räume ihn zurück an seinen Platz und platziere die Gutscheinschachtel in der Schublade. Ich habe mich dazu entschieden, mir das Ticket ganz klassisch per Post zusenden zu lassen. Ich liebe es, Erinnerungen dieser Art in meiner Erinnerungskiste aufzubewahren.

Zwei Tage vor dem besagten Mittwoch ziehe ich mein Smartphone und Google Maps zurate, um herauszufinden, wie es um die Parkmöglichkeiten im Varieté Theater steht. Ich muss nicht lange suchen, um zu erkennen, dass es, abgesehen von den beiden Parkhäusern, keine gescheite Möglichkeit gibt, dass Auto problemlos abzustellen. Das Theater hat eine hervorragende Lage direkt am Hauptbahnhof. Und obwohl ich das Zug fahren verabscheue und jedes Mal mit einem Schwall Übelkeit den Zug verlasse, sobald ich mein Ziel erreicht habe, schleicht sich der Gedanke in meinen Kopf, ob es nicht eine Option wäre, in diesem Fall eine Ausnahme zu machen und nicht doch mit dem Zug zu fahren. Als hätte das Leben diese Idee für mich vorausgesehen habe ich, zusammen mit dem per Post versandten Showticket, ein integriertes Zugticket erhalten und kann kostenfrei mit der Bahn direkt vor die Haustür des Theaters fahren.

„Bahn fahren oder nachts das Auto im Parkhaus suchen? Was ist wohl gefährlicher"? denke ich mit mir selbst über mein Problem nach. Und ja. In meinen Augen ist das eine wirklich knifflige Situation gewesen. Denn weder möchte ich am Abend im Parkhaus gekidnappt noch am Bahnhof von herumlungernden Männern schräg von der Seite angequatscht werden.

„Heute Abend weiß ich weiter", entschließe ich mich und gehe vorerst, um einen freien Kopf zu bekommen, mit meinen beiden Hunden spazieren. Während ich gemeinsam mit den beiden die Treppe in den Flur und anschließend eine Etage weiter in den Keller hinabsteige spüre ich bei dem Gedanken an diesen Abend im Theater eine angenehme Vorfreude, die ich auf dem gesamten Spaziergang durch den Wald vor mir hertrage. Nach einer guten Stunde wieder zu Hause angekommen ist mir klar, dass ich das Geld für Sprit und Parkhaus lieber spare und während der Show in alkoholische Kaltgetränke investieren möchte. Fehlt nur noch ein Schritt, um meinen Plan wasserdicht zu machen.

„Mama, kannst du mich Mittwochabend zum Bahnhof bringen und wieder abholen? Ich fahre ins Theater.", frage ich leicht zögerlich nach. Doch direkt im Anschluss an meine Frage erklärt sie sich bereit und meine Vorfreude auf den Abend steigt.

Mittwochabend. Ich stehe am Bahnhof und sehe den Zug einfahren. Maske auf, nicht atmen und aus dem Fenster schauen. Überall um mich herum fremde Menschen, die mir, für meinen Geschmack, viel zu nah auf die Pelle rücken. „Nie wieder", schwöre ich mir. „Nie wieder werde ich mit dem Zug fahren". 25 Minuten später erreiche ich den Hauptbahnhof und verlasse eingehüllt in meinem schwarzen Kleid, schwarzem Trenchcoat und mit Nieten gespickten Ankle Boots den Bahnhof. Ich muss nicht lange suchen, um das Theater zu entdecken, denn tatsächlich liegt es direkt gegenüber dem Hauptbahnhof. „Jetzt nur noch lebendig über diese Straße kommen", denke ich mir bei dem Anblick der 6-spurigen Straße mit Bus und Autoverkehr und einer halbherzig eingesetzten Insel in der Mitte. Ich nehme meine Beine in die Hand und sprinte in einem riskanten Ausweichmanöver über die Straße. Angekommen auf der anderen Seite öffne ich die Tür zum Theater. „Wie still es hier ist", denke ich mir und zeige im Eingangsbereich meine Karte vor.

„Guten Abend, vorne links an der Treppe steht ein junger Mann, der Sie nach Vorzeigen der Karte in das Theater einlässt.", erklärt mir der freundlich zu mir hinaufblickende Mitarbeiter am Empfang. Mit einem höflichen Kopfnicken wende ich mich dankend in die entsprechende Richtung ab und betrete langsam das Foyer. Natürlich ist es immer ein merkwürdiger Moment allein in einen Saal voller Leute einzutreten. Doch ich hatte mich in den letzten zwei Jahren daran gewöhnt und genoss den Moment verwunderter Blicke. Nach einer kurzen Orientierungsphase finde ich den besagten Mitarbeiter leger in schwarz-weiß gekleidet, strecke ihm meine Karte entgegen und werde von ihm, nach kurzer Saalplanerklärung, mit einer höflichen Handgeste in das Theater entlassen.

Die ersten Momente rauben mir den Atem. „Ich habe es so sehr vermisst", denke ich, während ich die vielen Lichter, Tische und den prachtvollen Bühnenvorhang bewundere. Als ich mir die Zeit genommen habe, den Raum mit meinen Blicken förmlich auszuziehen lasse ich meine Augen über die Sitzplatzverteilung schweifen und keine Sekunde später entdecke ich meinen Tisch und muss schmunzeln. „Ich sitze ja wirklich mit der Nase DIREKT vor der Bühne". Damit hatte ich nicht gerechnet. Ob das überhaupt auf den Zuschauer wirkt, wenn er so weit vorne sitzt?

„Hier sind Profis am Werk. Es kann sich bei den Plätzen nicht um die beste Preiskategorie handeln und am Ende ein schlechtes Erlebnis dabei rumkommen", beruhige ich mich selbst auf dem Weg zu meinem Platz.

Ich setze mich und sortiere meine Sachen. Meine Jacke und Tasche lege ich neben mir ab. Der nächste Blick wandert in Richtung der vor mir drapierten Getränkekarte. Moscow Mule. Mein Lieblingsgetränk. Nach einiger Zeit erscheint die Bedienung, die meine Bestellung aufnimmt. Schweigend sitze ich auf meinen Platz und genieße das Alleinsein. Schaue mich um. Beobachte die anderen Besucher. Inspiziere den Vorhang. Schaue hinauf zum Team der Licht- und Tontechniker. Drehe mich wieder nach vorne. Und sehe auf einmal, wie sich der Vorhang zu meiner linken Seite auffällig stark bewegt. Jemand stellt sein Instrument auf die Bühne.

„Das ist doch jetzt nicht sein Ernst". In mir rebelliert die passionierte Showtänzerin über diese Dreistigkeit. In der Vergangenheit habe ich es gehasst, wenn Künstler es nicht geschafft haben ihre Klamotten auf oder auch hinter der rechtzeitig aufzubauen. Das Gefühl der Empörung macht sich in mir breit und ich versuche diesen Moment zu vergessen, da ich mir von so einem lächerlichen Anfängerfehler nicht den Abend verderben lassen möchte.

Doch nach einigen Minuten muss ich dieses Vorhaben abbrechen und mir eingestehen, dass ich vielleicht diesen Fauxpas als nicht mehr so wichtig erachte, sich dieses Gesicht jedoch, wie das Licht einer Kerze, auf meiner Netzhaut eingebrannt hat.

Ich spüre wie mein Puls sich beschleunigt und bin verwirrt über die unerwartet heftige Reaktion eines Körpers. Ich versuche meine Gedanken zu ordnen und frage mich, was ich in diesem kurzen Moment wahrgenommen habe, dass mich so intensiv reagieren lässt. Was habe ich gesehen? Einen Typ mit kurzem, nach vorne gestyltem und lockigem Haar. Einen hellgrauen Stoffmantel mit kleinen weißen Stofffetzen bespickt. Die dunkle Hose und wadenhohe, schwarze, massiv wirkende Bikerstiefel. Doch das war es letztendlich nicht, was mich gefangen genommen hat.

Er sah für einen kurzen Moment zu mir herüber. Es kann sich dabei nicht um mehr als eine viertel Sekunde, nicht mehr als einen kurzen Augenblick, gehandelt haben. Oder waren es seine Augen und dieser Blick? Das Gefühl kommt mir so bekannt vor. Ich weiß es nicht. Ich weiß nur, dass ich ihn kennenlernen muss.

Die Show zieht mich von Beginn an in ihren Bann. Aus anfänglicher Skepsis entwickelt sich schnell pure Emotion, die ich mit jeder Faser meines Körpers wahrnehmen kann, während die Protagonisten ihre Geschichte erzählen, durch die Luft fliegen, singen und mich zum Lachen bringen. Weder die Snacks noch mein hervorragendes Getränk konnten meine Aufmerksamkeit auch nur eine Minute von dem Bühnenspektakel ablenken.

Lange habe ich mich nicht mehr so lebendig gefühlt wie an diesem Abend. Doch eines kann ich nicht verschweigen. Immer wieder huscht mein Blick zur linken Seite der Bühne. Der Musiker. Wenn sich für einen Augenblick unsere Blicke treffen fühle ich mich bestätigt. Ich kann nicht sagen warum. Ich kann nur sagen, dass ich es weiß. „Diesen Mann muss ich kennenlernen". Nein, so stimmt das nicht ganz. Um ehrlich zu sein gab es einen Moment in der Show, in dem ich die Augen geschlossen habe, um nur die Musik wahrzunehmen. Nach wenigen Sekunden schoss es mir durch den Kopf.

„Scheiße. Ich habe mich Hals über Kopf in den Bassisten verliebt". Ob es seine Musik war oder die Ausstrahlung? Wohl beides. Kurz nach dieser Erkenntnis öffne ich meine Augen, blicke noch einmal zu ihm und wende mich schließlich wieder dem Geschehen auf der Bühne zu. Denn ich spüre, dass es ihm aufgefallen ist. Und ich möchte nicht wieder eine Grenze überschreiten, die ich in der Vergangenheit zu häufig überschritten habe. Natürlich ergab es sich für diesen Fall perfekt, dass ich von den Protagonisten mit in die Show einbezogen wurde. Daher dauert es nicht lange, bis meine Handynummer auf der Karte eines Zaubertricks gelandet ist. Man soll keine Chance auslassen, dem Schicksal auf die Sprünge zu helfen.

Doch wie soll so eine Geschichte nur weitergehen? Ich will diesen Mann kennenlernen und habe keinen blassen Schimmer wie ich das anstellen soll. Bevor ich mich jedoch weiter meinem gedanklichen Dilemma widmen kann, baut sich die Spannung des Showprogrammes auf der Bühne mit einem solchen Tempo und emotionalen Höhen und Tiefen weiter auf, dass ich für den Rest der Zeit einfach nur gefangen bin von den Geschichten und Bewegungskünsten der Artisten und somit abgelenkt von der Idee, diesen Mann kennenlernen zu müssen.

Zwei Stunden später fliegt tosender Applaus durch die Hallen. Eine Handvoll Taschentücher liegen verbreitet vor mir auf meinem Tisch und ich traue mich kaum noch meinem Bassisten und den anderen Dartstellern in die Augen zu schauen, nachdem sich schon die Bedienung Sorgen gemacht hat. Als der Applaus verebbt sehe ich einen grau - weißen Mantel in Richtung Ausgang laufen und verabschiede mich in Gedanken von meinem Musiker und der Idee herausfinden zu können, was für eine Seele sich hinter diesen, mich vom ersten Moment ungefragt, einnehmenden Augen versteckt.

Somit warte ich ohne Eile auf die Rechnung, sortiere meine Handtasche, streife mir meinen Mantel über und werfe auf dem Weg hinaus noch einen letzten Blick in Richtung Bühne, um noch einmal das mir so liebgewonnene Gefühl von einem Theater nach der Show in mich aufzusaugen wie die Biene ihren Nektar aus einer frischen Blüte. Mit einem leisen Seufzen wende ich mich ab und betrete das Foyer. Ich muss meinen Blick nicht durch den Raum schweifen lassen als ich sehe, was in weniger als zehn kurzen Schritten auf mich zukommen wird. Ich spüre, wie mein Herz einen kleinen Stolpler hinlegt.

„Er hat sich doch jetzt nicht wirklich an den Eingang gestellt, um die Zuschauer zu verabschieden…", murmle ich und suchte sicherheitshalber noch einmal die Ruhe hinter einer Gruppe Besucher, die sich angeregt über die Show unterhalten.

Und dann gibt es Momente, die hätten große Momente werden können. Doch dies war keiner davon. Ich gehe auf ihn zu, sein Blick fängt meinen auf, ich versuche seinem Blick standzuhalten, bedanke mich für die Show und verabschiede mich. Just in dem Moment, wo die Tür hinter mir zufällt, ich die gefährliche Straße überquere und den Eingang des Hauptbahnhofes passiere wird mir bewusst, was so gerade eben geschehen ist: ich hatte meinen

Moment verpasst. Ich hatte Angst. Ich war SCHÜCHTERN. ICH war schüchtern.

Kaum zu fassen. Ich brauche einen kurzen Moment, um zu verstehen, was vor wenigen Minuten geschehen ist. Mit Blick auf die Zugtafel kämpfen plötzlich zwei Parteien in mir. Ich blicke noch ein zweites Mal konzentriert auf die Abfahrtszeit. Mein Zug hat Verspätung. Was ein Zufall.

„Es fällt nur zu was fällig ist", schießt es mir plötzlich durch den Kopf. „Soll ich noch einmal hingehen. Soll ich nicht?", in meinem Kopf beginnt es sich zu drehen und das nervöse Kribbeln in meinem Bauch scheint mich vollends im Griff zu haben. „Was, wenn das die Chance gewesen wäre?"

Die Chance auf was auch immer. Aber in jedem Fall eine Chance auf Etwas.

Also drehe ich mich um. Laufe so schnell wie möglich auf meinen zehn Zentimeter hohen Ankle Boots über die mittlerweile nicht mehr so stark befahrene Straße und werfe mich noch im Laufen vor die Tür des Theaters. Ich stemme meine Hand gegen den Griff und werde förmlich zurückgeworfen. Geschlossen. Ein Blick durch die Scheibe bestätigt meine Vermutung. Er ist weg. Ich drehe mich zur Seite auf der Suche nach einer Aufstellung der Cast. Ich finde sie direkt neben der Eingangstür. Ich schieße ein Foto. Ich durchsuche das Internet nach den Musikern.

„Das ist er nicht. Das kann doch nicht wahr sein." Mein Blick wandert hoch zum Universum. Ich spüre ein Brennen in meinen Augen aufsteigen und drücke den Schalter in mir. Anschließend lasse ich mich, mit leerem Ausdruck auf meinem Gesicht, von meinen Füßen zurück in Richtung Bahnhofshalle tragen.

Meine Beine führen mich wie hypnotisiert die Treppenstufen zum Bahngleis hinauf und setzen mich schließlich ganz am linken Ende auf der letzten Bank ab. Meine Hand greift in meine Handtasche und nach kurzem Suchen halte ich mein Smartphone in den Händen, öffne den Messenger und nehme eine Sprachnachricht auf, in der ich meiner besten Freundin sowohl von der Euphorie der Show als auch von dem Schmerz in meinem Herz erzähle. Wo zur Hölle kommt der her? Ich kenne den Typen doch gar nicht.

Plötzlich sitze ich im Zug und immer wenn ich versuche zu begreifen, warum ich mich so benommen fühle, entfliegt mir der Gedanke wir der Dampf einer heißen Tasse Tee am frühen Morgen. In meiner Erinnerung wandere ich noch einmal zurück zu den mir so deutlich im Gedächtnis eingebrannten Momenten und bleibt schließlich dort hängen, wo meine Seele anscheinend immer noch feststeckt. Der Moment, indem sich unsere Blicke am Rande des Foyers treffen und ich einfach weitergehe. Der Moment, indem alles in mir schreit: „Bleib stehen und sprich in an! Dieser Typ ist deine verdammte nächste Chance!". Und doch gehe ich vorbei.

In Gedanken beauftrage ich das Universum damit, mir eine weitere Möglichkeit zu schicken, um den verpassten Moment wieder gut zu machen.

„Nächste Station Milking. Ausstieg auf der rechten Seite", höre ich eine Stimme aus weiter Ferne in meine Gedanken vordringen. Glücklicherweise lichtet sich der Nebel rund um meinen Geist in diesem Moment und ich schaffe es noch gerade so, aus meinem Sitz aufzuspringen, mir meine Handtasche zu greifen und zur Zugtür zu laufen. Ich gehe durch die Bahnhofshalle zum Parkplatz, steige in das Auto und werde nach Hause gefahren. Ich erzähle kurz, wie schön die Vorstellung war und verfalle anschließend in ein tiefes Schweigen.

Ein Schweigen, dass sich anfühlt, als würde es sich nicht nur um meine Stimmbänder herum ausbreiten, sondern viel mehr meine Seele erfassen. Es fühlt sich an, als sollte niemand wissen, was hier passiert. Als würde etwas in mir ahnen, dass alle Energie, die ich besitze, in die Ereignisse der nächsten Tage fließen muss und ich die ganze Magie der Geschichte zerstören würde, wenn ich sie in diesem Moment mit jemandem teile. Es ist das erste Mal in meiner Reise zu mir selbst, dass ich niemanden zu Rate ziehen will, außer meine eigene Intuition, meine innere Stimme und mein Herz. Dieses Gefühl ist magisch und angsteinflößend zugleich.

Mit eben diesem Zwiespalt falle ich schließlich, wieder in meiner Wohnung angekommen, in einen dunklen, unruhigen und für mich sehr ungewöhnlich, traumlosen Schlaf.

ZWEI

Am kommenden Tag ist mir klar, was zu tun ist. Aus der Stille meiner Gedanken heraus habe ich einen etwas aufdringlichen, aber einfachen Entschluss gefasst. Während ich auf dem Parkplatz anhalte, um meine Wocheneinkäufe zu erledigen entschließe ich mich dazu, eine E-Mail an das Theater mit einer Bitte um Auskunft der Kontaktdaten der Musiker zu verfassen. Gedacht, getan.

Liebes Theater Team,
Ich habe heute eure Show besucht und bin begeistert. Neben dem Ensemble haben mich vor allem eure Musiker fasziniert.
Allerdings handelte es sich bei dieser Show nicht wie im Cast ausgeschriebenen Künstler, sondern um eine talentierte Musikerin und zwei Musiker.
Könnt ihr mir die Kontaktinformationen weiterleiten? Die Musik war fabelhaft.

Beste Grüße,
Mia

„Ahhhhrrr", stöhne ich auf einmal auf, als meine Finger den Senden Knopf meines E-Mail-Programmes berühren. Mit diesem Ausstoß innerer Aufgewühltheit ziehe ich den Blick einer älteren Dame mit einer pinkfarbenen

Einkaufstasche in der einen und einem kleinen Dackelmädchen in der anderen Hand auf mich. Schnell drehe ich mich mit dem Gesicht zur Wand, lese noch einmal die von mir versandte E-Mail, obwohl ich mir durchaus darüber im Klaren bin, dass es kein Zurück mehr gibt. Erneut durchfährt ein unkontrolliertes Schnaufen meinen Körper und noch bevor ich es mich versehen kann, spüre ich eine Berührung auf meiner rechten Schulter.

„Junge Dame", höre ich eine Stimme hinter mir und schaue mich um. „Ist mit ihnen alles in Ordnung", sehe ich nun die ältere Dame mit fragendem und leicht besorgen Blick vor mir stehen. Verwundert blickt sie von meinem Smartphone zu mir auf und wieder zurück auf das von mir sehr fest umklammerte Gerät in den Händen. In diesem Moment nehme ich einen tiefen Atemzug, entspanne meine Schulter, lockere den Griff und spüre, wie ein sanftes Lächeln meine Gesichtszüge umspielt.

„Ja, danke. Lieb das sie sich sorgen. Wissen sie, ich steuere grade möglicherweise auf eines der spannendsten Liebesabenteuer meines Lebens zu. Möglicherweise aber auch nicht und ich werde vielleicht nie eine Antwort erhalten. Ich weiß es nicht. Das macht mich ganz schön nervös". Erschrocken reiße ich die Augen auf und spüre, wie mir die Hitze in die Wangen steigt. Habe ich dieser wildfremden Frau gerade wirklich erzählt, was in den letzten paar Tagen mein Leben bewegt hat?

Ein zauberhaftes und beinahe wissendes Lächeln huscht der Dame mit der pinken Einkauftasche über das faltige Gesicht, welches nun, bei dem Gedanken an ein Liebesabenteuer einen vollkommen anderen Glanz anzunehmen scheint.

„Ach Mädchen. Genießen sie diesen Moment. Springen Sie einfach rein ins Wasser. Schwimmen lernt man nur durch den Mut den festen Boden unter den Füßen zu verlieren". Ich spüre ihre Hand erneut auf meiner Schulter und schaue ihr noch ein letztes Mal in die Augen, bevor mir ein zartes „Danke" über die etwas trockenen Lippen huscht, als sie sich auch schon umgedreht hat und gemeinsam mit ihrem Dackel an der Seite verschwindet. Einen kurzen Moment halte ich inne und mein Körper scheint dem freien Willen meines Bewegungswunsches nicht mehr zu unterstehen.

„Was für eine merkwürdige Begegnung", denke ich, während ich nach einigen Sekunden des Hinterherstarrens mein Smartphone zurück in die Tasche stecke und hinter der Ecke zwischen Supermarkt und Drogerie hervorkomme.

Ich atme tief durch. Dieses Mal etwas mehr darauf bedacht, nicht wieder die Aufmerksamkeit der Parkplatzbesucher auf mich zu ziehen. „Und selbst wenn ich keine Antwort erhalte... Ich hab´s wenigstens versucht", denke ich mir, während ich mich weiter in Richtung Supermarkt bewege.

Nachdem ich mich endlich um meinen Wocheneinkauf kümmern konnte und den Einkaufswagen mit Obst, Gemüse und der ein oder anderen leckeren Flasche Wein in Richtung Auto schiebe, höre ich ein Geräusch aus meiner Handtasche. Für einen kurzen Moment möchte ich es ignorieren, kann jedoch nicht leugnen, dass in mir eine kleine Stimme der Überzeugung ist, dass es sich hierbei um eine Antwort des Theaters handeln könnte. Ich spüre das Kribbeln in meiner Bauchgegend und wende mich gemeinsam mit meinem Einkaufswagen schnell von dem Parkplatz ab, um nicht von einem der herumfahrenden PKWs bei der Suche nach einem Parkplatz übersehen zu werden. Wieder einmal lange ich in einer kleinen Gasse zwischen Supermarkt und Drogerie.

„Lass das bloß nicht zur Gewohnheit werden, Fräulein", denke ich mir, während ich innerlich die Augen verdrehe und mich mit dem Oberkörper über den Einkaufswagen lege, nachdem ich mein Smartphone aus der Handtasche gezogen habe. Ich öffne die soeben eingegangene Mail und muss in dem Moment, als ich die Antwort lese spüren, wie sich meine Augen zu immer enger werdenden Schlitzen verziehen. Entweder sind in diesem Moment meine Nerven dermaßen strapaziert, dass ich die von dem Theater gewählten Worte missverstehe oder sie sind wirklich genauso ruppig gemeint wie dort in weißen Lettern auf meinem Display zu erkennen ist.

„Man könne nicht einfach so Kontaktdaten von anderen Personen herausgeben und müsse erst persönlich Rücksprache halten. Ich erhalte eine Meldung in Kürze". Das hat gesessen und in diesem Moment gesellte sich zu meinem Blick ein schnippisches Fauchen.

„Wie kann man sich in Zeiten von Social Media und Websites nur so dermaßen anstellen", murmelte ich trotzig vor mich hin, und setzte zu einer Antwort an, die sich gewaschen hatte. Es dauert nicht lange, da habe ich die gepfefferten Zeilen einer Antwort in die Tastatur geschlagen, als plötzlich meine E-Mail-App abstürzt. Mit der inneren Ladung einer Atombombe verdrehe ich die Augen und werfe einen gereizten Blick zum Universum.

„Alles klar. Das war unmissverständlich. Soll wohl nicht sein. Wenn es also einen Weg geben soll, dann schick mir bitte eine Chance, liebes Universum", fauche ich nach oben. Und auch wenn in diesem Moment mein Herz ein Stück tiefer rutscht, weiß ich, dass ich in den letzten Monaten gelernt habe, dem Leben zu vertrauen. Einfach mal die Finger aus dem Plan des Lebens zu nehmen und es machen zu lassen. Die Kontrolle abzugeben und den Verstand zum Schweigen zu bringen. Ich spüre, wie meine Energie sich abkühlt und ein tiefer Atemzug meinen Brustkorb durchfährt.

„Wenn es so sein soll, dass er eine Rolle in meiner Geschichte spielt, wird sich irgendeine Tür öffnen", schicke ich einen letzten Gedanken wie ein Stoßgebet nach oben ins Universum und richte mich wieder von meinem Einkaufswagen auf, mit dem ich schließlich und endgültig in Richtung Auto fahre, um den Heimweg einzuschlagen.

In den kommenden Tagen verfliegt die Erinnerung an die noch ausstehende Antwort fast gänzlich. Ich gehe meinem Alltag nach und beschäftige mich mit meinem Job. Und genau an einem Tag voller Massagen, innerer Persönlichkeitsentwicklung und dem Gefühl die Schnauze gestrichen voll davon zu haben, immer die Person im Leben anderer zu sein, die die Initiative ergreift und mehr Yang als Yin lebt, blinkt das E-Mail - Symbol auf meinem Handy erneut auf, während ich mich frustriert in meinen Stuhl fallen lasse.

Noch während ich die Nachricht überfliege, sehe ich drei unterschiedliche E-Mail-Adressen. Bei dem Namen Franccis setzt mein Herz kurzzeitig aus. Mein Puls steigt. „Das muss er sein", denke ich im Stillen. Augenblicklich bemerke ich, wie ein leichter Anflug von Panik meine Wirbelsäule hinaufkriecht und mir bewusstwird, dass ich die Chance habe, direkt mit ihm in Kontakt zu treten. „Hoffentlich ist das nicht einfach nur eine dämliche Management Adresse", murmle ich in meinen Pullover hinein.

Vier Massagen und drei 10-minütige Pausen später ist es vollbracht. Ich habe alles in die Nachricht gesetzt, was ich eigentlich an dem Mittwochabend meines

Theaterbesuches hatte sagen wollte. Auch wenn mir einiges möglicherweise ein bisschen zu direkt vorkommen, wenn man bedenkt, dass ich hier einem wildfremden Mann schreibe, war ich mir sicher, dass die Worte, die ich gewählt habe, genau die richtigen sind.

Hallo Franccis,

Eigentlich hätte ich dir das, was ich jetzt hier per Mail schicke, persönlich sagen müssen, als du mich im Theater an der Tür verabschiedet hast. Aber manchmal verpasst man einfach den Moment.

Vielen Dank für die wundervolle Musik am letzten Mittwoch in der Show. Ich habe selbst einige Jahre auf der Bühne verbracht und in vielen Momenten wurde mir wieder einmal bewusst, dass eine Show vor allem davon lebt.

Vielleicht erinnerst du dich. Ich habe das Theater allein besucht und saß vorne auf dem Platz in der Mitte.

Ihr seid ein hervorragendes Trio. Dafür auch noch einmal ein Danke an die beiden Künstler an deiner Seite.

Du bist mir jedoch vor allem deshalb aufgefallen, weil es immer wieder Momente gab, in denen du dein Instrument nicht nur gespielt, sondern gelebt hast. Und das fasziniert. Vor allem, wenn man diese Momente in den Augen eines Künstlers sieht.

Ob du mir antwortest? Wer weiß. Ich weiß nur, dass ich mich eines Tages geärgert hätte, wenn ich dir niemals geschrieben und damit die Chance auf eine neue und spannende Bekanntschaft verworfen hätte.

Lange Rede, kurzer Sinn: Musik verbindet. Es gibt wenige Menschen, die ich näher kennenlernen möchte. Aber bei dir wusste ich, in dem Moment, als du durch den geschlossenen Vorhang noch schnell dein Instrument auf die Bühne gestellt hast, dass ich noch einmal nachhaken muss.

Alles Liebe und bis bald,

Mia

Der Versuch, einen einigermaßen sachlichen und professionellen Ausdruck zu wählen ist wie ich, nachdem ich den Text Korrektur lese, vollends gescheitert. Ich habe sehr offensichtlich nichts anderes geschrieben als die Wahrheit. Und in meinen Augen ist die unterschwellig theatralische Note in jedem Fall etwas, bei der es nur zwei mögliche finale Szenarien gibt: entweder ich blamiere mich zu Tode oder es läuft auf den Jackpot hinaus.

„And even if ", flüstere ich. „Und selbst wenn niemals eine Antwort kommen wird, habe ich immerhin alles in meiner Macht stehende versucht", denke ich mir und drücke auf Senden. So einen ähnlichen Satz habe ich sogar mit in die Originalnachricht gesetzt. Ich musste einfach die gesamte Wahrheit darüber auspacken, was ich an diesem Abend gefühlt hatte. Was bleibt mir auch anderes nach dem verpassten Moment am Theaterausgang übrig?

„Wäre das jetzt nicht eigentlich ein Moment, den ich mit jemandem teilen müsste?", frage ich mich und spüre das ganz klare Nein aus meiner Bauchgegend. Ich nehme einen tiefen Atemzug und versuche das Gefühl zu verarbeiten. Langsam packe ich meine Sachen und verlasse das Unternehmen. Kurz bevor ich die Tür meines Wagens öffnen kann, entschlüpft mir ein Lachen.

„Was wäre, wenn mich dieses Mal wirklich etwas Besonderes erwartet? Was wäre, wenn`s dieses Mal wahr sein könnte? Nach all dem Scheiß und dem Kampf der letzten zwei Jahre?", traue ich mich zu fragen. Den Gedanken kaum zu Ende gedacht, habe ich plötzlich ich das Gefühl, dass es sich hierbei um eine ziemlich spannende Kiste handeln wird. Oder öffne ich die Büchse der Pandora?

Über mich selbst lachend schüttle ich schnell den Kopf.

„Das Einzige, was ich definitiv öffnen werde, wenn ich gleich nach Hause komme und mit den Hunden wieder vom Spaziergang zurück bin ist eine Flasche Wein." Bei dem Gedanken an den von mir vor einigen Tagen erworbenen Lieblingswein, ein Eiswein, geerntet bei Blutmond, läuft mir ein wohliger Schauer über den Rücken. „Der Beginn dieses Abenteuers darf gefeiert werden. Allein das ich den Mut hatte, diese E-Mail zu versenden hat es verdient darauf angestoßen zu werden", sage ich zu mir selbst, steige in mein Auto und mache mich auf den Heimweg.

Nach einem wundervollen Spaziergang bei traumhaften Herbstwetter bin ich zurück in meiner Wohnung, werfe mich in meinen Bademantel, schnappe mir ein Kristallglas sowie die Flasche Eiswein und mache es mir auf meinem Bett bequem. „Meine Herren, was war das für ein Tag?". Während ich die Flasche öffne und den teuren Tropfen langsam in mein Glas laufen lasse, beobachte ich die goldene Flüssigkeit und ebenso, die mir dabei aufkommenden Gedanken an den heutigen Tag.

Das Gefühl von „etwas muss sich jetzt in meinen Leben verändern" und „ich weiß, dass ein Abenteuer auf mich hinter der nächsten Tür wartet, wenn ich mich nur endlich einmal fallen lasse" schiebt sich sehr dominant in meinen Bewusstseinsraum. Ich erinnere mich daran, wie ich in dem Massageraum des Unternehmens gestanden habe und fluchend eine Sprachnachricht an meine Freundin Lena gesendet habe, in der ich ihr erklärt habe, dass ich jetzt wirklich damit aufhören werde. Damit, mich ständig in die Aktion zu drängen, ständig die männlichen Attribute zu leben und immer noch auf der alten Persönlichkeitsentwicklungsebene zu handeln, die ich doch längst hinter mir gelassen habe.

Der Moment, in dem ich das Handy auf die Liege geworfen habe, mir das Brennen in den Augen die aufsteigenden Tränen ankündigten und ich auf einmal das Klingeln meines Smartphones gehört habe und erst gar nicht nachschauen wollte, wer schon wieder irgendwas von mir will. Und mich dann doch die Neugierde überkam und mir schließlich das Herz stehen geblieben ist, als ich gesehen habe, dass ich eine Antwort des Theaters mit den Kontaktdaten von ihm auf meinem Display sah. Der Adrenalinkick und die plötzliche Unfähigkeit etwas anderes zu schreiben als die Wahrheit.

„Heiliger Matrose.", ich schüttle den Kopf und setze das Glas an. Nippe an der goldenen und süßen Flüssigkeit. Schließe für einen kurzen Moment genüsslich die Augen.

„Brrmmmmm". In meiner sinnlichen Bewegung innehaltend öffne ich die Augen und ärgere mich einen kurzen Moment darüber, dass ich vergessen habe, das Telefon in den Flugmodus zustellen. Ich atme aus, senke das Glas, stelle es neben der Kerze auf meinem Beistelltisch ab und greife zum Smartphone. Auf dem Display sehe ich das Email Icon und öffne die App. Als ich erkenne, wer der Absender der Nachricht ist, bin ich froh, dass Glas aus der Hand gestellt zu haben. Das Smartphone in meiner Hand fängt an zu zittern. Meine Atmung beschleunigt sich. Die Ränder um mein Blickfeld herum verschwimmen.

Hallo Mia,
vielen Dank für deine Zeilen. Wow.
Und ja, ich habe dein Bild noch im Kopf. Ich bin diese Woche noch in der Stadt, dann geht es weiter.
Hast du morgen schon einen Plan?

Viele Grüße, Franccis.

Die Büchse der Pandora ist geöffnet. Das Abenteuer beginnt. Und wie es der Zufall anscheinend wollte, habe ich den kommenden Tag frei. Ich parke mein Auto anstatt wie geplant im Parkhaus auf der Hinterseite der Bahnhofshalle und bin waghalsig genug die Parkscheibe so einzustellen, dass es vorne und hinten mit der Parkzeit nicht passen wird. Aber in diesem Moment scheint mein rationales Denken nicht mehr vorhanden zu sein, daher lege ich die Parkscheibe unter die Windschutzscheibe, werfe noch zwei weitere unsichere Blicke in den Rückspiegel und steige aus, obwohl ich nicht das Gefühl habe, gut auszusehen.

DREI

Unsicher aber mit angeschaltetem Bühnenmodus getreu dem Motto: „fake it `till you make it" gehe ich selbstbewussten Schrittes an den einzelnen Gleisen vorbei in Richtung Eingangshalle. Am Haupteingang des Foyers angekommen drehe ich mich um und werfe einen Blick auf die große Bahnhofsuhr. 15.57 Uhr. Gleich muss er hier auftauchen. Was mache ich bis dahin? In diesem Moment muss ich auf andere Menschen mit Sicherheit schrecklich hektisch und verloren wirken, doch kaum eine Sekunde später erinnere ich an die Momente auf der Bühne und spüre, die der Schalter sich umlegt.

Ich drehe mich nach links und entdecke Büchertische. „Die perfekte Ablenkung für mich", denke ich und schnappe mir die ersten kleinen philosophischen Klassiker, um meinem Nervensystem ein Gefühl der Sicherheit zu vermitteln. Doch weder Verstand und Gefühl von Jane Austen, Das Sein und das Nichts von Jean Paul Sartre oder Auf der Suche nach der verlorenen Zeit von Marcel Proust schaffen es, das unbändige Kribbeln, welches mich schon seit gestern Abend verfolgt und dafür gesorgt hat das ich, abgesehen von Wein, seit mehr als 12 Stunden nichts mehr zu mir nehmen konnte, zu beruhigen.

Ich lasse die Bücher wieder sinken, doch noch bevor ich mich umdrehen kann, gesellt sich neben das Gefühl im unteren Teil meines Körpersein ein mir bisher unbekanntes Kribbeln im Nacken. Ich drehe mich um und schaue ihm direkt in die Augen. Noch näher hatte er nicht hinter mir stehen können. Aber muss mein Körper direkt so intensiv reagieren? Ich dachte, ich hätte den Schalter umgelegt. Er hat es einfach durch seine pure Anwesenheit geschafft, ihn zu deaktivieren.

„Hi", krächze ich und muss mich zurückhalten, ihm für sein schelmisches Grinsen nicht umgehend auf den Arm zu boxen. „Du hast mich ja doch wieder erkannt", antwortet er leise, so als wären die ersten Worte zwischen uns nur für mich bestimmt, und sorgt so, mit seiner warmen Stimme, dafür, dass sich das Kribbeln aus dem Nacken langsam meine Wirbelsäule hinunterschleicht.

In meiner kurzzeitigen Überforderung wird mir bewusst, dass das Einzige, was jetzt helfen kann, körperliche Nähe sein wird. Daher öffne ich meine Arme, schlinge den rechten über seine linke Schulter, bemerke wie ich ungeschickt mit meiner Fußspitze auf seinem Schuh lande, und erhoffe mir trotz alledem einen Eisbrecher. Auch wenn es sich in mir eher anfühlt, als würde ich einen Feuerlöscher benötigen, um die Hitze in meinem Körper zu bändigen.

Als wäre physische Zeit plötzlich nicht mehr von Bedeutung spüre ich, wie wir uns voneinander lösen und das irgendetwas in mir verändert ist. Der Schalter ist wieder umgelegt. Der Sicherheitsschalter. Ich nehme es nicht bewusst wahr, aber ich wirke selbstbewusster und kontrollierter als nur wenige Sekunden zuvor. Doch ich denke mir nichts dabei, ich hatte schließlich in den letzten zwei Jahren alles darangesetzt, meine Vergangenheit aufzuarbeiten und die vielen Filter und Masken, die sich wie ein dunkler Schatten über mein Leben gezogen haben zu verabschieden.

Wir verlassen den Bahnhof und spazieren in Richtung Fußgängerzone als ich plötzlich merke, dass es wirklich nicht mehr das gleiche Gefühl ist wie früher. Ich lasse mich mehr Fallen. In der Begegnung mit ihm. Irgendwas ist anders an ihm. Er führt das Gespräch. Das ist mir im ersten Moment unangenehm und trotzdem lasse ich mich für einen Moment darauf ein. In den wenigen Momenten, die wir schweigend nebeneinander hergehen hänge ich meine Gedanken nach und spüre erst spät, dass die gesamte Zeit über sein Blick auf mir gelegen haben muss, denn als ich mich nun zu ihm umschaue erkenne ich einen Ausdruck in seinen Augen, den ich mich nicht traue zu deuten. Denn wissen kann er nicht, was in den letzten Sekunden in mir vorgegangen ist. Oder vielleicht doch? Einen kurzen Moment halte ich dem Blick noch stand, doch als ich spüre schwach zu werden frage ich schließlich: „Ist alles in Ordnung?". Er nickt und ich erkläre ihm den Weg zu dem von mir ausgewählten Cafe, in dem wir unsere Zeit verbringen wollen.

Die weiteren Meter verbringen wir mit tiefgründigem Smalltalk über unser Leben, über den Moment als er die E-Mail gelesen hat und das Gefühl, welches dadurch in ihm ausgelöst wurde. Es fühlt sich an, als würde wir uns seit Ewigkeiten kennen.

„Was wäre denn gewesen, wenn ich mich getraut hätte, dich an diesem Abend noch anzusprechen?", frage ich ihn und habe einen kurzen Moment ein mulmiges Gefühl als ich die Stille an meiner Seite wahrnehme.

„Was du nicht weißt ist, dass es an diesem Abend das erste Mal war, das ich mich mit nach vorne gestellt habe, um die Gäste zu verabschieden. Aber irgendwie hatte ich die Hoffnung, dich noch einmal sehen zu können.", antworte er zunächst ausweichend auf meine Frage. Ich wende meinen Blick zu ihm und meine Hand berührt seinen Arm als Geste der Dankbarkeit für seine Antwort.

„Nicht wirklich?", frage ich rhetorisch und spüre, wie ein Lächeln meine Lippen umspielt. Ich werfe ihm den Blick mit hochgezogener Augenbraue zu den ich immer dann verwende, wenn ich noch mehr aus einer Person herauskitzeln möchte. Um die Situation ein wenig aufzulockern, komme ich dem Rest seiner Antwort mit einer nicht ernst gemeinten Mutmaßung zuvor: „Du hättest mich doch aber nicht mit auf dein Zimmer genommen", werfe ich in den Raum, während ich ein leises

Lachen ausstoße, verstumme aber direkt, als ich den Blick in seinen Augen wahrnehme. Zuerst deutet er nur ein unscheinbares Nicken an, welches dafür sorgt, dass eine seiner kurzen Locken auf die Seite seiner Stirn fällt, was wiederum automatisch in mir das Verlangen erweckt, ihm in die Haare zu greifen, seinen Kopf sanft, aber bestimmend zurückzuziehen und eine Antwort zu verlangen. Und während ich versuche diesen Gedanken wieder aus meiner Vorstellung zu verscheuchen probiere ich ein erneutes Mal, seinem Blick standzuhalten erkenne mit Erstaunen, dass seine Augen eine Nuance dunkler zu werden scheinen und schließlich wird meine Vermutung bestätigt.

„Doch, das hätte ich", antwortet er und wendet seinen Blick mit unbeweglicher Miene wieder zurück auf die vor uns liegende Hauptstraße. Ich muss schlucken und stelle in diesem Moment fest, wie ausgetrocknet mein Mund auf einmal ist. Die nächsten Minuten gehen wir schweigend nebeneinanderher und lassen den jeweils anderen seiner Vorstellungskraft nachhängen.

Auf halber Strecke biegen wir schließlich links ab und durchqueren den angrenzenden Park, in dem wir versuchen, das Gespräch wieder auf einer sachlicheren Ebene zu führen. Wir unterhalten uns über den Zivildienst, Kinder und das Älter werden. Angekommen im Café setzen wir uns, bestellen Weißwein und Kaffee, und ich spüre, wie die Gesprächsthemen trotz unserer Bemühungen wieder tiefgründiger aber vor allem unangenehmer werden. Was ist hier los? Provoziere ich diese Themen? Irgendein Teil in mir lechzt doch schon wieder förmlich nach dem Schmerz der Männer, die mir begegnen. Doch so sehr, wie ich bis zu diesem Zeitpunkt versucht habe, dagegen anzukämpfen und eine sanfte, ja fast liebevolle, Gesprächspartnerin zu sein, keimt eine Dunkelheit und ein Jagdtrieb in mir auf, der nicht mehr da sein dürfte. Ich will nicht glauben müssen, dass die Arbeit der vergangenen zwei Jahre umsonst gewesen ist.

Ich erfahre, dass er Kinder hat. Ich erfahre das er eine Partnerin hat. Ich versuche mir nichts anmerken zu lassen, denn um diese Antworten zu erhalten habe ich auf sehr charmante Weise, mit einem leichten Lächeln auf den Lippen versucht, die richtigen Fragen zu stellen und ihm damit das Gefühl zu geben, dass ich keinerlei Absichten hege mit unserem Treffen, und es für mich von Anfang an klar war, dass es sich hierbei um ein ganz unverfängliches Kennenlernen handelt. Das ich es einfach unfassbar interessant finde, Musiker kennenzulernen und etwas über ihre Geschichte zu erfahren. Das war die eine Seite der Gefühle in mir.

Der Krieg beginnt jedoch genau in dem Moment, als ich an die ersten 30 Minuten unseres Treffens zurückdenke und mich daran erinnere, was für Aussagen zwischen uns hin und hergeflogen sind. Welche Energie im Raum stand. Eine schulbuchgemäße Verteilung der männlichen und weiblichen Energie. Der Aktivität und Passivität. Des Entgegenkommens und der Hingabe. In meiner Erinnerung sehe ich die schnelle Antwort auf meine E-Mail und seine Frage nach einem Treffen. Schließlich seine körperliche Reaktion während der Antwort auf die Frage, was passiert wäre, wenn ich ihn doch im Theater angesprochen hätte.

Ich spüre, wie wir im Hier und Jetzt eine kleine Gesprächspause einlegen und nutze den Moment, um hinüber auf den Kanal zu schauen und die geschmeidig im Wasser darauf entlanggleitenden Kanus zu beobachten. Meine Erfahrung der letzten Jahre und die Auseinandersetzung mit der Quantenphysik, Resonanzgesetzen und dem Wirkungsprinzip zwischen Aktion und Reaktion, männlicher und weiblicher Energie, Yang und Yin ermöglichten es mir, wie ein Adler über dieser Situation zu schweben, um herauszufinden, an welcher Stelle unseres Treffens das energetische Gleichgewicht gekippt ist.

Denn genau das war es, was mich gestern auf der Arbeit, kurz bevor ich die E-Mail an ihn versendet habe, so zur Weißglut getrieben hat. Ich habe in den letzten zwei Jahren eine verdammte Reise hinter mich gebracht. Habe eine chronische Krankheit geheilt, meinen Vater beim Sterben begleitet, bin innerhalb von zwei Monaten drei Mal umgezogen und habe mich mit den tiefsten Schichten meines Unterbewusstseins, eines Vorlebens und den karmischen Ahnenthemen meiner Familie auseinandergesetzt und scheine jetzt an dem Punkt zu scheitern, der mir eigentlich mit in die Wiege gelegt worden ist: Frau sein. Weil meine fucking Spiegelneuronen auf einmal wieder etwas anderes ausstrahlen als gedacht.

Ich nehme einen tiefen Atemzug und weiß nicht, wie lange ich schon meinen Gedanken nachhänge, bin aber froh, dass wir immer noch in der Stille gemeinsam miteinander sitzen können.

In diesem Moment wird mir auf einer vollkommen neuen Ebene, einer neuen Tiefe bewusst, dass auch die erfahrenste Kriegerin nicht immer in der Aktion sein kann, sondern ihre eigentliche Stärke in der Eigenschaft liegt, sich zurückzulehnen, zu vertrauen, sich dem Moment hinzugeben und die Dinge, die für sie bestimmt sind zu empfangen um schließlich, im richtigen Moment, aufzustehen und in Aktion zu treten. Denn ich weiß, dass es immer das Spiel zwischen Energien ist, dass unsere Beziehungen bestimmt. Wird die eine zu stark, zieht sich die andere zurück. Fällt die weibliche Energie aus ihrem Muster der offenen Bereitschaft der Hingabe und des Empfangens, sorgt sie automatisch dafür, dass sich die Umstände so verändern, dass sich das Männliche im Außen zurückziehen kann.

„Man, wenn ich das jemandem, abgesehen von Lena, erzählen würde, könnte man mich wirklich für verrückt halten. Und dass, obwohl es sich dabei um Wissenschaft handelt", denke ich und muss erkennen, dass es der Moment an der Hauptstraße war, an dem die Energie gekippt ist. In diesem Moment habe ich angefangen das Ruder übernehmen zu wollen. Habe von mir und seinem Interesse an mir abgelenkt und begonnen ihm Fragen zu stellen. Ich nicke mir leicht selbst zu, wende mein Blick auf das Glas Weißwein in meiner Hand. In diesem Moment spüre ich, dass das jedoch noch nicht alles war, was mich an dieser Verhaltensweise festhalten lässt. Und dieses Bewusstsein jagt mir solch einen ungeahnt starken Schauer über die Schultern, dass ich kurz eines meiner Beine auf dem Stuhl abstelle, um mich förmlich an mir selbst aufzuwärmen.

"Ich dachte, ich hätte das Thema vor einem Jahr in Solingen aufgelöst", denke ich mir und will nicht wahrhaben, dass es möglicherweise hier und jetzt mit diesem Mann zu dem finalen Todesstoß einer alten und für mich längst abgeschlossen geglaubten Geschichte kommt.

In diesem Moment muss ich feststellen, dass es dort in mir doch noch eine letzte Metastase, eine Art Projektion meines alten Schattens geschafft hat, sich einzunisten. Getriggert durch die Tatsache, dass ich hier wieder an einen Mann geraten bin, der in das Beuteschema meiner vergangenen Jahre gepasst hätte und dem ich nie wieder verfallen wollte.

„Warum", fragte ich mich im Stillen, während ich spüre, wie er angefangen hat das Gespräch wieder aufzunehmen und ich es schaffe seiner Erzählung zu folgen. Auch wenn es unhöflich erscheinen mag, bin ich in diesem Moment froh darüber, dass ich meine Bühnenpräsenz über die Jahre hinweg so tief in meine Ausstrahlung gemeißelt habe, dass ich die Unterhaltung parallel zu meiner Analyse mit gespielter Leichtigkeit weiterführen kann.

Trotz der inneren Zerrissenheit. Trotz des Schmerzes, der sich aus der kleinen Metastase auf einmal wieder in mir auszubreiten droht.

Während wir uns also weiter über unser Leben unterhalten, bereiten sich zwei Fronten in meinem Inneren auf einen tödlichen Kampf vor. Ab diesem Moment geschah alles unterbewusst und für mich nicht mehr nachvollziehbar, da die Projektion in mir begann, die Schutzfunktion zu übernehmen.

Ohne dass ich es kontrollieren kann und trotz meiner Erkenntnis vor nur wenigen Minuten, setze ich die Maske auf und fange an Fragen zu stellen. Der Schatten übernimmt die Führung. Ich fange an die Situation kontrollieren zu wollen. Ich fange an ihn bewegen zu wollen wie eine Schachfigur auf meinem Spielbrett, nur um den Schmerz zu vermeiden. Ich fange an durch meine rhetorische Stärke in ein Leben einzugreifen, dass ich nicht kenne. Ich fange an mit meinen psychologischen Fähigkeiten sowohl die wunden Punkte als auch die Orte, an denen ich ihm eine Wahrheit entlocken kann zu finden. Und ich fange an mir eine Meinung zu erlauben, obwohl ich nicht alle Seiten kenne und eigentlich längst zu einer Frau geworden bin, die weder gut noch böse kennt, nicht in richtig und falsch aufteilt, sondern einfach jeden Menschen seinen Weg gehen lässt und dem Leben vertraut, dass es immer die für diesen Menschen richtige Entscheidung trifft.

Immer wieder taucht diese neue liebevolle Energie in mir auf wie eine Schiffbrüchige im wellenbrechenden Wasser. Diese neue, wissende, weibliche Energie, die immer wieder versucht, den Schatten mit ihrem Licht zu vertreiben. Ich fühle mich schrecklich. Während diese dunkle Projektion in mir versucht, immer mehr Raum einzunehmen, sehe ich dieses kleine Licht aufblitzen und spüre diese ganz bestimmte Wärme um mein Herz aufflammen. Diese Wärme erinnert mich daran, dass das, was sich in diesem Moment abspielt, nur noch ein letzter Ausläufer ist, dem ich begegnen muss, um ihn endgültig zu eliminieren.

Das dabei dieser wundervolle Mann in meine Schusslinie geraten muss habe ich jedoch nicht gewollt.

„Doch vielleicht muss genau er es sein. Auch wenn er sich nicht darüber bewusst ist, ist er anscheinend der einzige Mann, der mir in dieser Situation standhalten kann. Sowohl mit seiner Entschlossenheit als auch mit seiner Warmherzigkeit die ihn dazu befähigen, den energetischen Raum für dich und deinen Prozess zu halten. Nur er wird dich führen und auffangen können, während du diesen Kampf gewinnst. Und am Ende wirst du diejenige sein, die ihn heilt", flüstert eine leise Stimme in mir.

In der Hitze meines inneren Gefechtes versuche ich mich aus der Benommenheit, die dieser Schatten über mir auszubreiten versucht, zu fliehen. Ich fokussiere mein Inneres weiter auf die Wärme in meinem Herzraum, verbinde mich mit dieser, mir in den letzten zwei Jahren so wichtig gewordenen Energie und fechte einen Kampf aus, von dem er in diesem Moment nichts ahnen kann.

Während wir die Unterhaltung fortführen, weiß ich nicht mehr, wie ich in unser nächstes Gesprächsthema gerutscht bin, geschweige denn, welche Frage ich gestellt haben muss, um zu erreichen, dass er mich mit einem ganz direkten und durchdringenden Blick förmlich anstarrt. Ich habe Angst vor dem, was mich jetzt erwartet und will schon einwerfen, dass es nicht schlimm sei, wenn er nicht darüber sprechen wolle und als ich sehe, wie sich seine

Lippen zu einer Antwort öffnen, mir für einen kurzen Moment der Atem.

„Ja, es gab da einen Moment in meinem Leben, in dem ich mich so schlecht gefühlt habe, dass ich bereit war, alles aufzugeben. Du musst über mich wissen, dass es nur einmal in meinem Leben vorgekommen ist, dass eine Frau mich verlassen hat. Das es nur einmal in meinem Leben vorgekommen ist, dass nicht ich mich getrennt habe, sondern eine Frau zu der Verbindung mit mir Nein gesagt hat. Es wird für dich wie ein Klischee klingen und für jeden Außenstehenden unbedeutend aussehen. Mit Sicherheit gibt es viel schlimmere Schicksalsschläge als das, was mir widerfahren ist und trotzdem hat es mich geprägt. Diese Frau war besonders. Und ich war glücklich in dieser Beziehung".

Während er sprach, fiel mir auf, wie trocken mein Mund wurde. In diesem Moment wurde ich mir wieder meines Weinglases in der Hand bewusst und führte es vorsichtig an meine Lippen, während er weitersprach.

„Doch eines Tages habe ich gemerkt, wie ich empfänglich wurde. Für andere Frauen. Und ohne um den heißen Brei herum zu reden, kannst du dir mit Sicherheit vorstellen, was passiert ist. Eines Tages musste ich ihr gestehen, dass ich fremd gegangen bin. Und in diesem Moment habe ich mich gefühlt wie in einem Vortex. Ich sah ihren Blick und das Zerbrechen, was sich hinter ihren Augen abspielte. Doch ich war mir nicht sicher, ob es ihr oder mein eigenes Zerbrechen war, dass ich mit ansehen musste. Wohlmöglich beides. Ich sah, wie jeder Funke Liebe aus ihrer Seele drang und ihre Augen eine mir angsteinflößende dunkle Nuance annahmen. Ich kann dir nicht mehr verraten, was im Anschluss an diesen Moment geschehen ist. Aber was ich noch weiß ist, was passierte, als ich nur wenige Tage später mit dem Rest meines Ensembles wieder auf der Bühne stand. Und das hat mich innerlich noch mehr zerrissen als der Moment, in dem ich ihr Zerbrechen erkennen musste.

Im ersten Moment noch selbstbewusst wie immer fühlte ich mich zu Hause auf der Bühne. Doch als die Show begann wollten meine Finger nicht mehr wie gewohnt über die Saiten fliegen. Ich fühlte mich wie in einer Art Schockstarre gefangen. Und nicht nur das. Plötzlich lagen die Blicke der gesamten restlichen Crew und des Publikums auf mir. Das Nächste, woran ich mich erinnern kann ist, wie ich mit angezogenen Beinen in der Requisite des Theaters sitze und versuche Luft zu bekommen. Als ich wieder einigermaßen klar denken konnte, traf ich eine Entscheidung. Ich würde es nie wieder so weit kommen lassen. Ich würde nie wieder der Grund dafür sein wollen, einen Menschen innerlich zerbrechen zu lassen und mich ebenso wenig meine Musik, mein zu Hause, verlieren zu müssen. Lieber würde ich rechtzeitig und möglicherweise zu früh den Absprung finden als jemals wieder miterleben zu müssen, wie es sich anfühlt, wie gelähmt mit meinem

Instrument in der Hand dazustehen und keinen Ton mehr spielen zu können. Und immer wieder kam mir dieses Horrorszenario in den Sinn, was wohl gewesen wäre, wenn dieses Mädchen, mit dem ich fremdgegangen bin, von mir schwanger geworden wäre. Ich weiß, das hört sich jetzt vielleicht lächerlich an und ich habe selbst keinen blassen Schimmer, woher diese Panik auf einmal kam, aber das Bild davon hatte ich kristallklar vor meinem inneren Auge. Das alles konnte ich nicht mehr riskieren. Ich habe es mir geschworen".

Eine Unsicherheit erscheint in seinen Augen, die ich noch nicht einzuordnen weiß. Gibt es noch etwas, dass er mir verheimlicht in Bezug auf sein Versprechen an sich selbst? Ich spüre da eine Ungereimtheit in meiner Erinnerung an die Unterhaltungen während unseres Treffens doch der Faden löst sich immer wieder in dem Moment aus meiner Hand, wenn ich kurz davor bin nach ihm zu greifen. Während er mir seine Geschichte anvertraut spüre ich, wie die Wärme um mein Herz stärker wird und sich die Projektion meines Schattens zurückzieht. Ein Teil in mir weiß, dass es hier etwas erfahren hat, was nicht für das erste Treffen bestimmt war und was ich nur erfahren habe, weil der Schatten so vehement danach gesucht hat. Dieser eine Teil in mir erkennt, dass wir diesen heutigen inneren Kampf gewinnen werden, weil sich dieser Mann mir in einer Verletzlichkeit gezeigt hat, wie ich es mich seit langer Zeit nie wieder getraut habe. Meine Projektion des Schattens zieht sich zurück und ich atme auf als ich spüre, dass der seit fast 30 Minuten in mir tobende Krieg abklingt.

Es wird still um uns. Wir tauschen Blicke aus. Er muss zum Bahnhof, wir haben die Zeit vergessen. Er wird einen Zug später nehmen und ich viel zu spät zum Tanzunterricht kommen. Und obwohl eine besondere Form der Ruhe in mir eingekehrt ist, spüre ich deutlich das Schlachtfeld, welches von diesem inneren Kampf in mir übriggeblieben ist. Der Rückweg gestaltet sich daher etwas unangenehm. In diesem Moment spüre ich, wie ein innerer Impuls ihm von meinen Gedankengängen am Morgen erzählen möchte. Ich spüre die Wärme und sehe dieses Gefühl als Bestätigung an, zum wiederholten Male die Wahrheit auszusprechen.

„Weißt du, ich habe mir ganze viele „Even ifs" ausgemalt und mit allen meinen Frieden geschlossen. Ganz vorne dabei war: selbst, wenn er mir nicht antwortet. Its fine. Dicht gefolgt von: selbst, wenn er eine Freundin hat. Thats fine. Und nicht zu vergessen: selbst, wenn zwischen uns kein Gespräch möglich ist. Ist fine. Aber ich habe in keinem einzigen „Even if" beide Optionen miteinander verbunden. Es gab kein: "Even if he has a girlfriend and he wants me." Das gab es in meiner Vorstellung nicht. Und das bringt mich in einen ganz schönen Zwiespalt." In meiner Nervosität habe ich unbemerkt angefangen einige Sätze auf Englisch zu erzählen. Aber ich weiß, dass er alles verstanden hat.

Während ich meiner Erklärung in der anschließenden Stille den Raum gebe um nachzuwirken, spüre ich seinen Blick von der Seite auf mir ruhen. Doch erst, als wir wieder am Bahnhof angekommen sind traue ich mich, seinen Blick zu erwidern. Um mich herum beginnt die Sicht zu verschwimmen und ich fühle mich wie betäubt.

„Ich möchte dich morgen wiedersehen. Hast du am Abend Zeit?", fragt er mit ernstem Gesichtsausdruck.

In diesem Moment weiß ich nicht, was ich sagen soll. Dieses Gefühl der Ungereimtheit keimt wieder in mir auf und plötzlich durchfährt es mich wie ein Blitz.

„Er will immer noch mehr. Trotz des sich selbst gegebenen Versprechens, von dem ich gerade erfahren habe.", weiß ich plötzlich. Natürlich will er mehr und jetzt verstehe ich endlich, warum sein Versprechen an sich selbst nicht mit den Erinnerungen an unser Gespräch zusammengepasst hat. Er hat mir zu Beginn unseres Treffens erzählt, wie seine Reaktion ausgefallen wäre, wenn ich ihn am Mittwochabend angesprochen hätte. Er hätte mich mit zu sich nach Hause genommen. Mir wird bewusst, wie mein gefühlt endlos langes Schweigen in Verbindung mit einem leeren und starren Blick auf ihn wirken muss.

„Damit bringst du mich wieder in einen ganz schönen Zwiespalt", stammle ich mir zurecht, weil ein Teil in meinem Inneren auf einmal erkennt, was das Leben hier für ein Spiel nicht nur mit ihm, sondern auch mit mir treibt. Und dieses Spiel hat viel weniger mit ihm zu tun als man als außenstehende Person vielleicht glauben mag.

In diesem Moment beginnen sich die Zahnräder wie frisch geölt in meinem Bewusstsein zusammenzufügen und ich muss aufpassen, dass ich nicht anfange, wie ein an Land gespülter Fisch, unkontrolliert nach Luft zu ringen. Denn augenblicklich wird mir bewusst: es geht hier um meine Geschichte. Um mein fucking Karma. Und ich weiß in diesem Moment nicht, ob ich dazu bereit bin, mich dieser Situation zu stellen.

Als hätte das Schicksal Mitleid mit mir, sehe ich hinter ihm den Zug einrollen. „Ruf mich heute Abend an, dann sage ich dir, wie ich mich entschieden habe", rufe ich ihm unter dem tosenden Geräusch des einfahrenden Zuges zu. Dabei versuche ich meine Unruhe so weit wie möglich zu verstecken. Und doch bin ich ein wenig erleichtert, als er mich nach einer letzten Umarmung loslässt und sich mit dem Einstieg in den Zug verabschiedet. Ich warte nicht mehr bis der Zug abfährt. Mit zitternden Knien und einem nervösen Herzen drehe ich mich um und gehe.

VIER

In einem Affenzahn heize ich die Autobahn in Richtung Tanzschule entlang. Auch wenn wir ein ganz besonderes Treffen hatten, ärgere ich mich ein wenig darüber, dass wir so die Zeit aus den Augen verloren haben. Ich wusste zwar, dass ich das Tanzen nach unserer Begegnung bitter nötig hätte, doch nachdem ich erfahren habe, was sich durch unsere Zusammenkunft für ein Abgrund vor mir auftun würde, hätte ich die vollen zwei Stunden benötigt, um einen klaren Kopf zu erhalten.

An der Tanzschule angekommen schieße ich aus dem Auto, laufe durch die Eingangshalle und wusste es plötzlich sehr zu schätzen, dass ich damals auf der Bühne gelernt habe, wie es funktioniert, innerhalb von 30 Sekunden einen Kostümwechsel hinzulegen. Nicht wenig später stehe ich im Tanzraum und genieße es, mich von dem Bass der Musik in eine andere Welt tragen zu lassen. Doch so sehr sich mein Bewusstsein auch entspannen kann spüre ich, wie in meinem Unterbewusstsein die Vorbereitungen für eine Veränderung in meinem Leben getroffen wurden.

Als das Training vorbei ist und ich mich wieder in Richtung Auto von meiner Crew verabschiede packt mich auf einmal eine eiskalte Hand im Nacken. Mein Magen verkrampft sich und die Tränen steigen mir in die Augen.

Auf wackeligen Beinen greife ich die Autotür, ziehe sie auf und lasse mich auf den Sitz fallen.

Ich weiß in diesem Moment nur eins. Ich muss mich absichern. Und endlich jemandem anvertrauen, was in den letzten zwei Tagen geschehen ist. Somit greife ich zum Smartphone und wähle Lenas Nummer. Doch sie nimmt nicht ab. Nur wenige Sekunden später versuche ich es erneut.

„Ja?", höre ich es am anderen Ende der Leitung undeutlich rauschen. „Ich brauch dich JETZT", stammle ich fast unverständlich. Ich weiß noch, dass sie etwas von Geburtstag und schlechtem Empfang erzählt. Ich schluchze. „Aber ich brauch di…", das Signal bricht ab. Und ich zusammen. Die Tränen der Erkenntnis ergreifen die Macht über mich und ich gebe mich dem Gefühl der Angst und Hoffnungslosigkeit hin.

Ich würde diesen Schritt niemals schaffen. Das ist einfach eine Nummer zu viel für mich. Ich dachte nach der letzten Entwicklungsnummer in meinem Leben wäre endlich mal eine Zeit Pause. „Ich kann das nicht", denkt es sich in mir ein letztes Mal, bis ich das Läuten meines Smartphones höre. Lena. Vom Schluchzen erfüllt beantworte ich ihren Anruf und sage:

„Ich kann nicht mehr. Dieses Drecks Universum. Lena. Ich gebe auf.". Schweigen am anderen Ende. „Ich habe dir in den letzten Tagen nicht erzählt was passiert ist, weil ich gespürt habe, dass ich die ersten Schritte allein gehen muss. Aber jetzt ist etwas passiert, was ich einfach nicht allein verkraften kann".

Ich weine, während ich diese Sätze sage und bin froh, dass meine beste Freundin mich oft genug in diesen Momenten der Schwäche begleitet hat und auch gesehen hat, wie ich am Ende wie der Phoenix aus der Asche wieder auferstanden bin. Also erzähle ich ihr in der Kurzfassung von den letzten zwei Tagen.

Davon, dass alles damit angefangen hat das ich am Mittwoch die Schnauze voll hatte ständig im Yang zu sein, mich zurückgezogen habe und auf einmal die E-Mail vom Theater bei mir eingetrudelt ist, dass ich ihm schließlich geschrieben habe und eine Antwort erhalten habe. Dass wir uns verabredet und getroffen haben. Und schließlich, was das alles zu bedeuten hat.

„Scheiße Lena", erkläre ich, während mich ein schluchzende Welle nach der anderen erfasst. „Er ist gar nicht das Geschenk. Dieser wundervolle Mann ist eine fucking Lektion vom scheiß Universum."

Ich weine weiter und eine Welle der Trauer überrollt meinen Bauch. „Er ist der verdammte Überbringer, das Portal meiner finalen Chance, der Aufgabe, dieses damals geöffnete Kapitel endlich abzuschließen. Durch ihn rollt sich dieses ganze Dreckskarma wieder auf und will gesehen werden. Als würde der Teufel vor mir stehen und mir einen Deal anbieten. Aber warum? WARUM er? Gott Lena. Wenn du ihn nur kennen würdest, würdest du verstehen, was ich meine. Er fühlt sich an wie das Yang, über das wir gesprochen haben. Es fühlt sich an, als hätte sich...", ich weine. Und Lena fängt mich mit ihren Worten und ihrem Schweigen auf.

„Weißt du, was das Schlimmste ist? Er hätte mich am Mittwochabend mitgenommen. Wenn ich ihn angesprochen hätte. Dieses Angebot hat er mir heute nochmal gemacht. Er hat mich gefragt, ob wie uns morgen Abend treffen wollen, mir aber auch die Option offengelassen, uns am Nachmittag zu sehen". Ich schluchze. „Und Lena, es zerreißt mir das Herz."

Meine Augen verziehen sich zu engen Schlitzen, mein Mund von Schmerz verzehrt. „Aber ich kann es nicht tun. Ich DARF es nicht. Ich habe es mir versprochen. Ich habe es mir selbst geschworen, dieses Gefühl der Dunkelheit nie wieder zuzulassen. Ich DARF es einfach nicht. Ich halte die Stabilität, die ich mir geschworen habe. Um Gottes Willen. Warum er?".

Ich versuche zu atmen. „Deswegen rufe ich dich an. Ich brauche dich als Sicherheit. Du musst wissen, dass ich mich gegen den Abend und für den Tag entschieden habe".

FÜNF

„Passt dir ca. 13.30 Uhr?" Keine zehn Minuten später erhalte ich eine Antwort: „Ja, das passt perfekt". Also werfe ich meine Arbeitstasche in den Flur, schnappe mir die Hunde und spaziere eine verfrühte Runde durch den Wald, um ohne schlechtes Gewissen den Nachmittag in der Stadt verbringen zu können. Ich entscheide mich für ein Outfit, dass mir entspricht. Nach den Erkenntnissen des gestrigen Abends will ich keine innere Maske mehr aufsetzen und die Überreste meiner alten Schatten endgültig aushungern. Ich trage eine Bluejeans, meine weißen Sneaker und über einem enganliegenden schwarzen Top einen bequemen senffarbenen Strickpulli. Darunter aufregende Lingerie. Für mich. Denn er wird sie wohl nicht zu sehen bekommen nach meiner Entscheidung.

Natürlich bin ich aufgeregt. Es wäre schade, wenn nicht. Doch so schlimm wie gestern ist es keineswegs. Gestern habe ich nichts gegessen. Dafür Wein genossen, um meinen Herzschlag zu beruhigen, um dann schlussendlich den Überresten einer alten Schattenprojektion wieder zu begegnen, die ich für längst aufgelöst hielt. Also halte ich mich heute an den „Das bin halt ich" – Dresscode, schnappe mir meine Wasserflasche, die Handtasche und mache mich auf den Weg über die Autobahn in die Stadt.

Auf dem Weg begleiten mich Lieder, bei denen ich mich richtig entspannen kann. Denn wenn mich eine Sache, Wein ausgenommen, beruhigt ist es das Singen und gute Musik. Das hat es schon immer. Spannenderweise ist es mittlerweile so, dass sich meine Stimme gewaltig verändert und verbessert hat. Nachdem ich viele Dinge in meinem Leben aufgelöst und verabschiedet habe, die eine Disharmonie in meinem Körper ausgelöst haben arbeite ich, während ich singe, mit einer vollkommen neuen Range an Tönen. Das macht Spaß, befreit und beruhigt. Aus diesem Grund singe ich die gesamten 30 Kilometer auf der Autobahn meine Spotify Playliste rauf und runter.

Bis mir vier Minuten vor dem Ziel aufgrund der miserablen Ampelschaltung am Hauptbahnhof die Zunge im Hals stecken bleibt. Minuten werden zu Stunden und ich schaffe es grade noch so nicht laut aufzuschreien, als auch die letzte Ampel vor der Abbiegung nach drei Autos zum wiederholten Male rot wird. Eine gefühlte Weltreise später erscheint jedoch grünes Licht, ich biege die Straße links ein und kann nur noch reagieren, als ich ihn vollkommen unterwartet auf einem freien Parkplatz stehen sehe. Ich habe mich später nicht getraut die Frage zu stellen, aber kann es wirklich sein, dass er so unglaublich gut mitgedacht hat und mir diesen Parkplatz freigehalten hat? Fast ein Mann der alten Schule. Was mir wirklich sehr gefällt.

Er steht dort einfach. Mitten auf dem freien Parkplatz. Und ich denke gar nicht länger drüber nach, lenke ein, er tritt beiseite und während ich den Motor abschalte, spüre ich, wie still es um mich herum wird. Und ich habe keine Verschnaufpause um mich auf das Vorzubereiten, was gleich auf mich zukommt. Langsam greife ich zu meinem Smartphone und schließe die Apps, löse den Schlüssel aus dem Zündschloss, verstaue alles in meiner Tasche und öffne die Tür.

„Hi", stammle ich ungelenk vor mich hin und fühle mich unweigerlich an unser erstes Treffen erinnert, „ich dachte ich hab noch eine kurze Vorbereitungszeit bis ich dich sehe", sprudelt es frech aus mir heraus und ich bin dankbar für den leicht schrägen Blick den er mir zuwirft. „Ich kann auch nochmal weggehen", sagt er, während er sein Schmunzeln aufsetzt und mir direkt in die Augen schaut.

„Nein, alles gut", erwidere ich schnell, während ich noch einmal ein Blick auf mein Auto werfe. „Aber ich werde den Wagen noch einmal ein Stück weiter nach vorne rollen". Nachdem ich mein Parkmanöver beendet habe und wieder ausgestiegen war, nimmt er mich in den Arm. Und hält mich dort. Es ist eine andere Umarmung als gestern. Es ist nicht die freundschaftliche „Arme schräg über den Rücken schlingende" Umarmung, sondern eine von der Sorte, bei der die Arme der Frau um die Taille des Mannes greifen, die Hände zwischen seinen Schulterblättern abgelegt sind und der Mann sie von oben hält, während sie ihren Kopf an seine Schulter schmiegen kann.

Er lässt mich nicht los. Mein Impuls mich früher zu lösen, wird einfach durch seine Anwesenheit im Keim erstickt. Ich gebe mich augenblicklich ganz dem Moment hin. Ich versuche einfach umzusetzen, was ich mir gestern Abend vorgenommen habe. Ich atme aus, lasse die Anspannung von mir abfallen und warte, bis er mich frei gibt.

Wieder angekommen im Hier und Jetzt überlasse ich im zunächst die Führung und wir einigen uns darauf, die von wundervollen Bäumen gesäumte Allee am See und Schloss entlangzulaufen. Trotz meines Vorhabens und tief in mir verwurzelten Entschlossenheit spüre ich, dass ich mich wappnen muss. Denn so leicht scheint sich meine Projektion nicht geschlagen zu geben. Ich spüre genau, wie die Schatten mich langsam aber sicher erneut versuchen in ihre Arme nehmen. Wie sie doch wieder die wohlgehüteten Masken auspacken und sie mir aufsetzen wollen. Sie wollen, das ich stichele, dass ich anzüglich werde, dass ich in Aktion trete und die Verführerin raushängen lasse. Die dominierende und kontrollierende Frau. Während der innere Kampf, wenn auch nicht so intensiv wie gestern, beginnt in mir zu toben, unterhalten wir uns über einfache Kost. Herr der Ringe oder Harry Potter, Bücher, Star Treck und Marathonläufe. Doch auf einmal kippt das Gespräch. Und ich weiß, dass die einzige Chance, dem Schatten aus seinen Klauen zu entfliehen ein Geständnis sein wird.

Ich muss ihm sagen, warum ich mich gegen den gemeinsamen Abend entschieden habe.

Links von uns steht eine Bank und ich setze mich. Verwundert blickt er mich an, als ich nur wenige Sekunden später wieder aufspringe und frage, ob wir nicht doch weitergehen können. „Ich bin mir nicht sicher, ob ich die richtigen Worte finde.", gebe ich ihm gegenüber ehrlich zu. Für einen kurzen Moment berührt seine Hand meinen Oberarm, so als wolle er mir versichern, dass ich in seiner Nähe nichts Falsches sagen könne.

„Leg einfach los", flüstert er. Und ich gebe mir die beste Mühe alles, was mir auf dem Herzen liegt, und meine Entscheidung begründet, in verständliche Sätze zu fassen.

„Weißt du, diese Begegnung zwischen uns ist etwas wirklich Besonderes für mich. Zu besonders, um sie für ein Abenteuer wegzuwerfen. Und das beschreibt gefühlt nicht im Ansatz, was ich eigentlich damit ausdrücken will. Kannst du dich noch an gestern erinnern und an die ganzen „Whats ifs" die ich dir aufgezählt habe? Als ich gestern in diesen Zwiespalt hineingefühlt habe wurde mir eins bewusst. Ich bin in meiner Vergangenheit zu oft in genau diese Rolle geschlüpft. Die Frau, die so attraktiv ist, dass jeder Mann an ihr hängen bleibt, um die eigene Frau zu betrügen. Ich habe einer Frau das Leben zu Hölle gemacht, der zweite Mann hat mich, auch wenn er Single war, verleugnet und die letzte Geschichte hätte fast eine Geschäftsbeziehung und Freundschaft zerstört.

Ich habe mir zum einen geschworen, einer anderen Frau so etwas nie wieder anzutun aber vor allem habe ich mir geschworen, dass ich nie wieder dieses dunkle Gefühl am nächsten Tag in meinem Körper wahrnehmen möchte. Ein Gefühl der Erniedrigung. Und deswegen habe ich mich dagegen entschieden. Ich weiß, dass du weißt, wovon ich spreche. Ich weiß, dass du diese Gefühle und diesen Schwur kennst.

Lieber bleibe ich dein „Was wäre, wenn…" als das kostbarste zu verpulvern, dass es in einem Prozess des Kennenlernens gibt. Intime, körperliche Nähe."

Was ich in diesem Moment nicht gesagt habe:

Ich weiß, dass es mich zerstören würde. Wenn du nur sehen könntest, welcher Kampf in meinem Inneren stattfindet. Ich spüre doch jetzt schon, dass unsere Begegnung lange vor unserer Geburt vereinbart wurde. Und die Momente auf der Parkbank, wo wir das erste Mal unsere Körper aneinander spüren, werden das bestätigen.

Es wird so gut harmonieren, dass es alles, was wir bisher kannten, zerstören wird. Wohl auch unsere derzeitigen und scheinbaren Lebenskonstrukte.

Doch alles hat einen universellen Zeitplan. Und würden wir jetzt die Nacht miteinander verbringen würden wir einen Prozess beschleunigen, der uns beide zerstört, statt uns wiederzubeleben.

Mia

SECHS

Und es ist dieser eine Augenblick als wir schweigend nebeneinander auf der Bank sitzen, der mir den Atem geraubt hat. In mir ist es still. Auf einen Schlag wird mir klar: auf dieser Bank sitze ich. Ich weiß nicht, was in der letzten halben Stunde geschehen ist, seit ich ihm ein Geständnis geliefert habe, aber anscheinend habe ich das letzte bisschen Lebenskraft aus meiner Projektion gezogen und mir selbst deutlich zu verstehen gegeben, dass ab sofort ich selbst dafür zuständig bin sichere Entscheidungen zu treffen und dass es gefahrlos ist, mich fallen zu lassen und einem Menschen hinzugeben, weil ich meine Grenzen wahren kann.

Hier sitzt nicht mehr die Mia, die ich früher dachte sein zu müssen und auch nicht die Mia, in die mich mein Schatten hineingetrieben hat. In der stillen Anwesenheit dieses Menschen, der mir heute viel zu oft in die Augen gesehen hat, kann ich mich selbst befreien. In der stillen Anwesenheit dieses Menschen, dem gegenüber ich immer wieder Angst hatte, dass wenn ich seinem Blick auch nur fünf Sekunden länger standhalte, ich mich vollends verliere. An der Seite dieses Mannes erkenne ich mich zum ersten Mal selbst.

Langsam wende ich mich zu ihm um: „Weißt du, was ich nicht fassen kann"? „Mh?", murmelte er, während sich sein Kinn leicht in meine Richtung reckt, als Form der Ermutigung weiterzusprechen. „Hier sitze ich. Nur ich. Ohne meine Filter. Und dafür bin ich dir unglaublich dankbar".

Es folgt ein Moment der Stille, die ich mittlerweile neben ihm auszuhalten lieben gelernt habe. Ich kann mich nicht daran erinnern eines anderen Menschen Schweigen jemals so sehr vertraut zu haben, wie seinem.

„Meinst du, das hat wirklich etwas mit mir zu tun? Hast du also in unserer gemeinsamen Zeit doch ein Ziel erreicht?", fragt er und wendet währenddessen seinen Blick wieder von mir ab auf den vor uns entlanglaufenden Fluss. Doch auch ohne, dass er mich ansieht, weiß ich, dass er mein Nicken wahrnimmt. Er spürt meine Zustimmung.

„Ich hab's ja vorhin schon kurz angedeutet. Damals fand ich mich in ähnlichen Situationen wieder. Ich war immer die Frau, getrieben von der Sehnsucht nach einem Mann, den sie nicht haben konnte. Ich habe aufregende Männer, spielend leicht, dazu verleiten können ihre Freundinnen mit mir zu betrügen und war abhängig von ihrer Aufmerksamkeit. Dieses dunkle Gefühl, dass den gesamten Körper durchflutet, wenn der Kick des einen Momentes vorbei ist, war jedes Mal aufs Neue grauenvoll. Dann gab es eine Zeit in der ich meine Macht, Kontrolle und Dominanz gegenüber Männern ausgespielt habe.

Niemals habe ich mich fallen gelassen oder der Nähe wirklich hingegeben.

Kannst du dir vorstellen, wie es sich anfühlt, wenn du auf einmal spürst, dass diese ganzen Schatten und Schmerzen auf einmal wirklich keine Rolle mehr in deinem Leben spielen? Wenn du es auf einmal spürst und nicht nur im Kopf weißt?

Die Begegnung mit dir und die Möglichkeit, diese grauenvolle Vergangenheit erneut zu wiederholen hat mir die Chance geboten, dieses Gefühl zu erfahren. Hätte ich Ja zu unserem gemeinsamen Abend gesagt, hätte sich die Geschichte wiederholt. Doch ich habe Nein gesagt. Und dadurch konnten die letzten noch an mir anhaftenden Schatten der Vergangenheit endlich verschwinden. Und jetzt, wo wir hier sitzen, empfinde ich genau diese Ruhe. Diese Möglichkeit mich endlich hingeben zu können, empfangen zu können und einfach nur zu genießen."

Franccis wendet sich zu mir um. „Darf ich dich in den Arm nehmen?". Mein Herz bleibt für einen Moment stehen. „Danke das du das fragst", rumpelt es aus mir heraus, während ich mir innerlich an den Kopf fasse.

„Natürlich". Und schon werde ich in seinen Arm gezogen, lege meinen Kopf auf seine Schulter, mein Rücken lehnt an seiner linken Seite und sein linker Arm umfasst meinen Oberkörper. Um uns herum beginnen die Tauben zu gurren. Ich muss schmunzeln.

In mir atmet alles tief auf. „Warum fühlt es sich wie nach Hause kommen an?", frage ich mich, während ich mich, leise seufzend, noch ein wenig tiefer in ihn hineinsinken lassen. Minuten die sich wie eine Ewigkeit anfühlen sitzen wir dort, ich in seinem Arm, beide Hände um seinen Unterarm gelegt und den Kopf mal mehr an den Brustkorb oder die Schulter geschmiegt. Immer wieder tauschen wir einige leichte Erzählungen oder Gedankengänge miteinander aus. Während er spricht, genieße ich den feinen Basston der sich, während seine Stimme Töne in Erzählungen verwandelt, leicht vibrierend an meinen Körper schmiegt und alles von mir in seine Energie einhüllt.

An diesem Punkt der Geschichte möchte ich eigentlich nicht weiterschreiben. Denn an diesem Punkt der Geschichte handelt es sich um einen Moment, der nie vorbei gehen sollte. Dieses Gefühl beruht auf Gegenseitigkeit. Was es zum einem zur schönsten Erinnerung und gleichzeitig zur schlimmsten Folter werden lässt, die ich jemals erfahren haben.

Doch die Uhr tickt, die Bühne ruft und nachdem wir noch eine Weile ein älteres Pärchen beobachtet hatten, welches neben uns auf einer zweiten Parkbank Platz genommen hat, lösen wir unsere ineinander verschlungenen Arme und Oberkörper und drehen ungeplant zeitgleich den Kopf zueinander. Der Blickwechsel, der in diesem Moment entsteht, fährt mir durch Mark und Knochen. Bleibt dann an einer Stelle hängen, die sich Herz nennt. Na Klasse.

Wir lösen uns nach einem schier unendlich langen Moment aus dieser seelischen Umarmung, packen unsere Sachen und machen und auf den Weg Richtung Innenstadt. Ich zittere. Aber nicht vor Kälte. Auf diesen letzten zwei Kilometern unterhalten wir uns glücklicherweise kaum noch über tiefgreifende Themen und aus heiterem Himmel spuckt mein vollkommen überforderter Verstand folgende Worte aus: „Die Wärme im Bauch wandert grade wirklich ein wenig weiter nach unten, das kann ich gar nicht schönreden".

Noch während ich verstanden habe, was ich sage, schüttle ich lächelnd mit dem Kopf und füge an: „Aber was solls, wir sind halt nur Menschen".

Es ist absolut keine gute Idee in diesem Moment dafür zu sorgen, dass das persönliche Kopfkino mit Nahrung versorgt wird. Doch ich kann nicht widerstehen. Was sollte ich denn auch bitte machen, wenn die Schmetterlinge auf einmal auf die Idee kommen vom Bauch eine Etage tiefer zu segeln. Mit einem leicht zur Seite geneigtem Kopf schaut er mich an, grinst und bestätigt meine Aussage mit einem Nicken. Doch als er den Kopf wieder nach vorne wendet sagt er etwas, dass sich eingebrannt hat wie das

Brandzeichen auf dem Hintern eines Pferdes: „Das Herzklopfen ist auf jeden Fall da".

Bum. Das hat gesessen. Ich nicke. Flüstere ein leises: „Ja, das stimmt" und gehe weiter. Genieße diesen Moment.

Lächelnd schlendere ich die letzten Meter an einer stark befahrenen Straße neben ihm entlang. Bemerkenswerterweise gab es kaum einen Moment unserer gemeinsamen Zeit, in dem ich nicht gelächelt habe. Das Gleiche gilt übrigens für ihn, soweit ich das beobachten konnte. Was mir ein sehr schönes Gefühl in meinem Bauch entstehen lässt.

Als würde es mich wie durch Zauberhand an seine Seite ziehen spüre ich schon seit einigen Metern wie sich meine rechte Schulter immer wieder zu seinem Oberkörper dreht. Ich kann in dem Moment selbst nicht verstehen, welche unsichtbare Kraft mich in diese merkwürdige Bewegung zieht, weshalb ich nach dem dritten Mal unerwartet laut auflache.

„Das kann doch nicht wahr sein! Merkst du das? Wie meine rechte Schulter sich immer wieder so an deinen Oberkörper ran dreht, ohne dass ich es bewusst steuere, als würden wir immer noch Arm in Arm dort auf der Bank liegen?".

Und noch bevor ich wusste, wie mir geschieht spüre ich eine starke Hand an meinem Unterarm entlanggleiten und schließlich verschränkt sie sich mit meinen Fingern. Ich schaue einen kurzen Moment hinab zu dieser Verbindung, blicke hinauf in mich fixierende Augen und atme tief aus. Kaum einen kurzen Moment später werde ich näher an den so ersehnten Platz an seiner Schulter gezogen, unsere Hände verschränkt auf seinem Rücken. Als hätte man zwei füreinander angefertigte Holzteile endlich zusammengefasst. Schweigend gingen wir in dieser Formation einige Schritte genussvoll nebeneinanderher.

„Weißt du welchen ersten Eindruck ich hatte, als du gestern am Bahnhof hinter mir gestanden hast und ich mich etwas zu spät umdrehte?" Er warf mir einen fragenden Blick aus dem Augenwinkel zu. „Was ich seltsamerweise gespürt habe, als wir die ersten paar Meter nebeneinander hergingen und sich das erste Gespräch entwickelte?" Dieses besondere Schmunzeln huschte über sein Gesicht: „Als wäre es nicht das erste Mal gewesen", beantwortet er meine Frage.

In diesem Moment weiß ich nicht, ob er mich auf den Arm nimmt oder ob er es wirklich ernst meint. Er kann es doch nicht wirklich auch so empfunden haben. Das ist doch nicht möglich. „Und was wäre, wenn doch?", flüsterte eine leise Stimme irgendwo aus der Richtung meines Herzens. Tja. Was wäre denn doch?

Nach einer gefühlten Ewigkeit wende ich mein Gesicht zu ihm um, blicke kurz hoch in seine Augen und sage: „Ja. Genauso hat es sich angefühlt.", während meine Lippen gefährlich nah an seiner Wange entlanggleiten. Anschließend fallen wir wieder in ein liebevolles Schweigen, das uns bis an den Ort begleitet, an dem sich unsere Wege trennen werden.

In diesem Moment scheint es, als würde meine Angst wieder auf der Schulter sitzen und mir die Tour vermasseln. Mich wieder mal einen Moment verpassen lassen. Und genau so sollte es auch kommen. Nachdem wir auf der Ecke des Parkplatzes zum Stehen kommen, lösen sich unsere Körper voneinander. Er schaut zu mir herab und ich habe das Gefühl, dass wir beide nicht genau wissen, was es jetzt noch zu sagen gibt. Es wäre der perfekte Moment gewesen. Hätte ich mich nur getraut ihm fünf Sekunden länger in die Augen zu schauen.

Doch was hätte mich bei diesem Blick erwartet?

Von unserem ersten längeren Augenkontakt im Café an wusste ich, dass mir diese Augen gefährlich werden. Wenn ich zu lange hineinschaue, werde ich etwas sehen. Tiefe. Ehrlichkeit. Einen Teil von mir. Wenn ich länger als fünf Sekunden in diese Augen blicke, verliere ich mich. Und dann gibt es kein Zurück mehr. Ich würde mich wohl das erste Mal in meinem Leben fallen lassen. Hingeben. Allein bei dem Gedanken daran schlägt mein Herz schneller.

Doch ich tue es nicht. Ich bleibe nicht stehen. Ich bleibe nicht vor ihm stehen, lasse mich nicht mehr von ihm berühren und schaffe es nicht, ihm länger als drei Sekunden in die Augen zu schauen. Meine linke Schulter dreht sich zum Gehen, meine rechte Hand streicht über seinen linken Arm, mein Blick huscht noch ein letztes Mal über diese Augen, die mich an einen Teil meiner Seele erinnern und ich sage „Tschau". Mehr nicht. Ich setzte einen Fuß vor der anderen, greife meinen Schlüssel aus der Handtasche, öffne das Auto und setzte mich hinein. Der Drang mich noch ein weiteres Mal zu ihm umzublicken ist unbeschreiblich. Doch ich schaue auf mein Smartphone, öffne die Navigation und hoffe, mit einem Gefühl der Enge in der Brust, dass er schon gegangen ist. Kurze Zeit später steigen mir die Tränen in die Augen.

Ich bin kurz davor den Schlüssel im Zündschloss umzudrehen da spüre ich ihn. Mein Atem stockt. Und tatsächlich berührt er wenige Sekunden später meine

Schulter, duckt sich zu mir hinunter und – nein, er küsst mich nicht – stellt mir eine Frage.

Eine sehr gute Frage, mit der ich nicht mehr gerechnet habe: „Stellt sich dir immer noch das Gefühl des Zwiespalts?"

Ich wusste sofort, was er meint. Und im Vergleich zu vielen anderen Fragen des Tages kam die Antwort auf diese wie aus der Pistole geschossen „Nein.", sage ich zu ihm, während ich einen direkten Augenkontakt vermeide. Er nickt zufrieden und erwähnte, dass ihm das wichtig gewesen sei, verabschiedet sich und geht. Doch als mir bewusst wird, dass es keinen Zwiespalt mehr in mir gibt, spüre ich etwas neues. Vermissen.

Ich stelle mir immer noch die Frage, was er mit dieser abschließenden Frage bezwecken wollte. Gab ihm meine Antwort ein Gefühl von Frieden? Hat er diese Antwort benötigt, um zu wissen, dass er in den letzten 120 Minuten alles richtig gemacht hat, um mir ein gutes Gefühl zu geben? Hatte er einen Plan oder handelt es sich bei jedem von mir wahrgenommenen Gefühl um die Wahrheit? Am Ende werde ich es nicht herausfinden. Ich kann nur Vertrauen. Auf das Leben. Auf die Zeit. Auf die Fügungen und Zufälle. Denn in dieser Geschichte gab es definitiv zu viele Zufälle. Begonnen bei dem Gutschein von vor acht Jahren, ohne den es nicht zu dem Theater Besuch gekommen wäre, über den Fakt, dass Franccis diese Show nur vertretungsweise spielt und sich tatsächlich an mich erinnern konnte bis hin zu dem Zufall, dass ich eben diesen einen Tag in der Woche frei habe, an dem er nach unserem ersten Treffen gefragt hat.

Ich sage es immer wieder: es gibt keine Zufälle. Es fällt zu was fällig ist. Und was das Leben in der Zukunft aus dem Moment und den Energien, die entstanden sind macht, liegt nicht mehr in unserer Hand. Das Geheimrezept heißt Genießen – Loslassen – Vertrauen – Leben.

Nach diesem sehr tiefgründigen, aber ermutigendem inneren Monolog schaffe ich es, meine Träne beiseite zu wischen und den Motor zu starten. Ich manövriere mich gekonnt aus der Parklücke, starte meine Musik und versuche auf dem Heimweg zu „When we were younger" von Adele und „Aint that just the way" von Lutrica McNeil den Kopf frei zu kriegen.

SECHS

„Wir müssen los", nuschelt er nach einem Blick auf sein Smartphone in mein Haar. „Was? Wir müssen los?", frage ich, nachdem er mich mit den Worten unsanft aus dem Moment gerissen hat. Als ich nichts als ein Schweigen als Antwort erhalte wende ich meinen Kopf vorsichtig zur Seite, um einen kurzen Blick auf sein Gesicht zu erhaschen und dann verstehe ich. Heute ist Sonntag und es stehen zwei Shows auf dem Plan. Den gestrigen Tag war ich mit viel Arbeit verplant, was mir wirklich gutgetan hat, um meine Gedanken zu ordnen. Dafür habe ich heute umso mehr gespürt, wie richtig es sich anfühlt, wieder hier mit ihm auf der Bank zu sitzen und die Nähe zu genießen.

„Ich hatte verstanden `was ist denn los? `. Deshalb frage ich nach". Mit einem sanften Druck auf meinen Rücken signalisiert er mir, dass ich mich aufsetzen soll. „Nein, leider nicht.", murmelt er leise in sich hinein und steht langsam auf. Ich streiche mein schwarzes Kleid zurecht, greife meine Tasche und lege sie mir über die Schulter. „Na dann wollen wir mal", murmelt es aus mir zurück, während ich aufstehe, doch kaum einen Atemzug später spüre ich, wie er seinen warmen Arm um meine Taille legt. Für einen kurzen Moment stockt mein Atem, denn nach den unscheinbaren und sanften Berührungen von vor wenigen Minuten ist mein Inneres gespannt. Ein Zittern breitet sich in meinem Körper aus. Langsam findet seine

Hand ihren Weg unter mein langes Jeanshemd, dass ich mit dem dafür vorgesehen Band nicht vorne an der offenen Knopfleiste, sondern auf dem Rücken festgebunden habe. Es dauert nicht lange, da spüre ich seine Hand auf meiner Haut und genieße den Schauer, der meinen gesamten Körper durchfährt.

In meinem Kleid befinden sich sowohl auf der rechten als auch auf der linken Seite kleine Öffnungen, und innerlich breitet sich eine Wärme in mir aus, die ich lange nicht mehr wahrgenommen habe. „Wie praktisch, dass ich bei der heutigen Kleiderwahl mitgedacht habe. Nicht wahr?", frage ich, während ich ihm mit hochgezogener Augenbraue ein verschmitztes Lächeln zuwerfe.

„Wir machen es uns beide aber auch wirklich nicht leicht", erhalte ich nüchtern als Antwort und doch erkenne ich den Schalk in seinen Augen aufblitzen, der es sichtlich genießt, diese kleinen Funken von unseren Körpern aufeinander überspringen zu lassen.

Es dauert glücklicherweise noch eine ganze Weile, bis wir uns dem Ende unserer Runde nähern. In der Zwischenzeit spüre ich, wie eine tiefe Entspannung meinen gesamten Körper durchflutet.

„Es ist so faszinierend", hänge ich meinen Gedanken nach, „während wir schweigend nebeneinander herlaufen, schweigen wir uns trotzdem nicht an. Es scheint ein permanenter Austausch zwischen uns stattzufinden". Es fällt schwer, für diese Beobachtung die passenden Worte zu finden und trotzdem brennt es mir auf der Seele, diese Gefühle mit ihm zu teilen. Ich atme tief ein und seufze. „Mh?", erwidert er dieses Mal und wirft mir einen fragenden Blick von der Seite zu. „Spannend", denke ich mir, „die letzten Tiefen und etwas lauteren Atemzüge hat er nicht kommentiert. Als hätte er es jetzt gespürt, das etwas in mir vor geht". Ich lasse einen kurzen Moment verstreichen, um die Worte in meinem Kopf zu sortieren.

„Weißt du, das soll jetzt auf gar keinen Fall unhöflich klingen oder merkwürdig rüberkommen. Aber ich empfinde unser zusammen sein als viel wertvoller als die Worte, die wir über unsere Lebensumstände miteinander austauschen. Kannst du verstehen, was ich damit meine? Ich habe das Gefühl, dass es für uns und das, was zwischen uns geschieht, natürlich schön ist zu erfahren, wer hinter der Person steckt, mit der wir uns umgeben. Aber irgendetwas in mir empfindet es als viel bedeutender, dass wir uns einfach gefunden haben und zusammen sind. Ohne die Geschichte, die das Leben in der Vergangenheit um uns herum gebaut hat."

Eine ganze Weile vergeht, ohne dass ich eine Antwort erhalte. Und auch im Anschluss daran erhalte ich keine Antwort in Form von Worten. Ich wende mich zu ihm und schaue in „das" Gesicht. Diesen Gesichtsausdruck, den ich jetzt wieder sehe, habe ich in den letzten Tagen des Öfteren wahrgenommen, zu Beginn gekonnt fehlinterpretiert und spätestens heute lieben gelernt. Es ist ein wissender Blick. Es ist ein Blick der tief in seinem Innern ein Verständnis ausstrahlt, welches mit Worten nicht zu beschreiben ist. Und somit nehme ich diesen Blick dankend als Antwort auf meine Frage an und wende mich wieder von ihm ab.

Mein Blick schweift über die wunderschöne Allee, auf der die Buche ihre Arme breit und tief über uns ausstrecken. Schon bei unserem letzten Treffen ist mir diese Umarmung der Bäume aufgefallen und auch heute fühle ich mich wieder wohl und beschützt. Die Sonne fällt an der ein oder anderen Stelle durch das Blätterdach und kitzelt meine Augen. Ich schmiege mich immer wieder nah an seine Seite. Und lasse mich schweigend in das Gefühl von „nach Hause kommen" hineinsinken.

„Was machst du Abend"? reist mich seine sanfte Stimme aus meinem Tagtraum. „Mh, ich glaube ich stoß auf uns an. Werde mich in eine Bar setzen, ich glaube ins Westend, nehme mir ein Buch oder etwas zu schreiben mit und versuche mit dem, was passiert ist, zurecht zu kommen.".

Schweigen. Ich spüre seine Gedanken ohne das er etwas sagt, deshalb setze ich einen kurzen Moment später die Frage hinterher: „Und wann fährst du Abend los?". „Um 21 Uhr", antwortet er. Es folgt eine mir unendlich lang vorkommende Stille.

„Ins Westend hast du gesagt?". „Mhmmh", antworte ich mit einem Nicken. „Das ist eigentlich meine Lieblingsbar in der Stadt."

Doch auch an diesem Tag weiß ich, dass dieser Moment endlich sein wird und noch bevor ich mich versehen kann, sind wir an der Kreuzung angekommen, an der wir uns trennen müssen. Das wir uns schon in wenigen Stunden wiedersehen werden, weiß in diesem Moment nur ich. Auf der linken Ecke der Kreuzung machen wir unter einem Apothekenschild halt. Die großen Lettern wirken in ihrer roten Schrift, breit über die Hausfassade verteilt, fast bedrohlich. Wir lösen uns voneinander, sein Arm gleitet aus meinem Jeanshemd und sein Oberkörper dreht sich zu mir. Ich schaue ihm in die Augen. 21, 22, 23, 24, 25… ich habe es geschafft.

„Und was machen wir jetzt?", fragt er leise, während ich seinem durchdringenden Blick länger versuche standzuhalten. „Uns verabschieden…", antworte ich und schaffe es nur noch mich einen kurzen Moment in dem gelben Leuchten seiner Iris zu verlieren, bevor mir die Tränen in die Augen steigen würden. Ich schaue nach unten auf unsere Hände. Greife sie. Führe sie nach oben zwischen unsere Oberkörper. Er spielt mit und seine Finger fügen sich perfekt in meine Hände ein. Mein Blick wandert langsam nach oben. Seine Augen fragend auf meine Lippen gerichtet. Ich halte einen Moment inne. Und deute ein unscheinbares Nicken an, indem ich mein Kinn leicht anhebe. Was ihm das Zeichen gibt, das Feuerzeug in die von uns schon vorher gezogene Benzinstrecke fallen zu lassen.

Sanft berühren seine Lippen meine. Und ab diesem Moment weiß ich nicht mehr, was mir geschieht. Es ist so ganz anders als alles, was ich bisher kennengelernt habe. Ich finde nichts von der forschen, drängenden und besitzergreifenden Art meiner ehemaligen Partner wieder. Keine Spielerei, kein vorgetäuschter Rückzug, kein unnötiges Spiel mit den Emotionen. Das hier hat eine vollkommen andere Farbe.

Ich spüre Sicherheit. Vertrauen. Respekt. Tiefe und Zeit. Dabei weiß ich gar nicht, wie viel Zeit vergangen ist. Ich versuche mich manchmal wieder an das Hier und Jetzt um mich herum zu erinnern. Immerhin stehen wir auf einer öffentlichen Straße. Aber es funktioniert nicht. Ich habe keine Kontrolle mehr über das, was in mir vorgeht. Meine Zeit ist eingefroren. Und schließlich lasse ich mich fallen.

Bis er seine Lippen langsam von mir löst. Sein Blick fängt meinen und als Reaktion darauf zieht er mich, ohne zu zögern in seine Arme. In meinen Augen stand ein eindeutiges „lass es nicht aufhören" gepaart mit „was ist hier grade passiert". Und so fand ich mich keine Viertelsekunde später fest in seinem Arm wieder. Meine Hände wanderten unter seine Jacke und ich könnte die

Wärme seiner Haut durch den dünnen Stoff seines Pullovers wahrnehmen.

Auch wenn es kaum möglich schien, zieht er mich noch enger an seinen Körper heran, was mich dazu brachte die Berührung unserer Körpermitten wahrzunehmen. Hitze steigt in mir auf und meine grade noch flach auf seinem Rücken liegenden Hände krallen sich hungrig in seinen Pullover hinein. Mir entfährt ein leises Stöhnen und ich atme die noch restliche Luft aus meiner Lunge aus, bis ich ganz nah an ihm liege.

Welche Kraft auch immer es schafft uns voneinander zu lösen lässt uns langsam die Spannung aufheben. Ich bewege meinen Kopf von seiner Schulter und richte den Blick ein letztes Mal in seine Augen. „Wenn du wüsstest, dass diese dumme Geschichte mit meiner Freundin nur eine Geschichte war", rufe ich mir in Erinnerung und bin in diesem Moment so froh, dass ich an dieser Stelle noch nicht endgültig von ihm Abschied nehmen muss. „Wie ich das überleben soll muss ich auch noch mit mir zurecht rücken", denke ich eine letzte Sekunde für mich, bis wir uns so weit voneinander entfernt hatte, dass sich nur noch unsere Hände berühren.

„Westend hast du gesagt, richtig?", fragt er so leise, dass ich einen Blick auf seine Lippen werfen muss, um sicher zu gehen, alles richtig verstanden zu haben. Ich nicke. „Ich will dich heute Abend noch ein letztes Mal sehen". Sein durchdringender Blick lässt mein Herz aussetzen. Ich atme aus. Meine Gesichtszüge entspannen sich, während meine Mundwinkel sich sanft in eine Position der tiefen Zufriedenheit anheben. Und doch verspüre ich gleichzeitig den wissenden Schmerz, dass es danach nur noch ein „möglicherweise irgendwann" geben wird. Und, als würde ich die Kontrolle über meine Sprache verlieren sage ich „Ja".

„Es liegt ja auf dem Weg", fügt er an, hält einen Moment inne, lächelt und sagt „Nein, eigentlich nicht", schüttelt den Kopf und wirft einen Blick auf meinen leicht geöffneten Mund und flüstert „21 Uhr. Entweder bist du da oder nicht". Er lässt seinen Blick von meinen Lippen nach oben wandern und wieder fühlt es sich an, als würde irgendetwas in meinem Körper explodieren wollen.

„Einverstanden", antworte ich widerstandslos und löse meine rechte Hand von seiner linken, um mich abzuwenden. Ein letzter flüchtiger Blick in seine Richtung. „Ciao." Ich sehe seinen Blick. Drehe mich um und gehe. Atme. Und gehe. Öffne meinen Zopf. Ich brauche Luft. Atme. Lege die Hände auf meinen Kopf. Gehe weiter. Langsam wird es besser. Mir ist kalt. Ich sehe den Eingang meines Parkhauses. Zurück an meinem Auto schnappe ich mir meine Jacke, lege mir den Schal um die Schultern und trinke einen großen Schluck Wasser. Ein Blick auf die Uhr verrät mir, dass es noch knapp 90 Minuten sind, bis ich ihn wiedersehen werde.

SIEBEN

Ich stehe vor dem Theater und schaue auf die Uhr. 13.30 Uhr. Ich habe vor, meinen Platz erst wenige Minuten vorher aufzusuchen, da ich das Risiko nicht eingehen möchte, dass er mich in dem Moment, wo er sein Instrument durch den geschlossenen Vorhang auf die Bühne stellt, sieht. Damit wäre die gesamte Magie des Momentes verflogen.

Die Minuten ziehen sich wie Kaugummi. Wie kann es bloß sein, dass unsere gemeinsame Zeit wie im Flug verging und ich mir jetzt hier die Beine in den Bauch stehe? Was ist, wenn er gerade heute vorne im Foyer rumläuft? Dabei wäre es der beste Moment, um schon vorab einen Moscow Mule zu bestellen und noch einmal tief durchzuatmen. In diesem Moment ruft meine Freundin Lena an und schenkt mir mit ihrer Frage rund um ihre Selbstständigkeit ein wenig Ablenkung. Doch auch als das Gespräch nach zehn Minuten vorbei ist, scheint sich der Zeiger auf der Uhr kein Stück weiter bewegt zu haben.

„Gut. Was solls. Ab auf Toilette, an die Bar und dann schau ich weiter", murmle ich im lauten Getöse der heranfahrenden Busse in meinen Schal und schreite mutig durch die Eingangstour. Als ich kurze Zeit später mein Getränk in der Hand halte bewege ich mich sieben Minuten vor Showbeginn auf den Theatereingang zu. Ein Blick auf die Bühne lässt mich stutzen. „Wo ist das

Instrument?", schießt es mir als erstes durch den Kopf, als ich auf die mir zugewandte linke Seite der Bühne schaue.

Ein Blick auf die Uhr verrät mir, dass es drei Minuten vor offiziellem Showbeginn ist, da hören meine geübten Ohren das tiefe Dröhnen eines Bassinstrumentes im Hintergrund der Begrüßungsmusik. „Das muss er sein", dachte ich mir und rief mir in Erinnerung, wie er mir am ersten Tag unseres Kennenlernens erzählt hat, dass er gemeinsam mit den Tontechnikern noch einen schnellen Soundcheck vor der Show macht. Glücklicherweise habe ich mich dagegen entschieden schon auf meinen Platz zu schleichen, daher halte ich mich weiterhin im dunklen des Durchgangs zwischen Foyer und Bühnenbereich auf und kann von hier aus gut beobachten, wie sich der Vorhang vorsichtig anfängt zu bewegen. Keine Minute später öffnet er sich leicht an der linken Seite und Franccis betritt, mit seinem Instrument in der Hand, die Bühne, um es auf seinen dafür vorgesehenen Platz zu positionieren.

Ein leicht diabolisches Grinsen breitet sich auf meinem Gesicht aus und ich mache mich auf den Weg zu meinem Sitzplatz. Dort angekommen werde ich unerwarteterweise direkt von meinen Sitznachbarinnen in Beschlag genommen und in ein kurzes Gespräch verwickelt. Trotzdem befinden sich meine Gedanken in diesem Moment an einem ganz anderen Ort. Als die Musik leiser wird lege ich meine Jacke ab, nehme mein Getränk in die

Hand und spüre, wie ein Kribbeln in meinem Bauch aufsteigt.

Der Vorhang öffnet sich und die Darsteller betreten die Bühne. Nur kurze Zeit später sehe ich ihn. Und er mich. Ich kann seinen Blick nicht ergründen. Als hätte er im ersten Moment nicht verstanden, wen er dort in der ersten Reihe, am nächstgelegenen Platz seines Instrumentes sitzen sieht. Die Show geht weiter. Und langsam scheint Leben in ihn zu kommen. Seine Blicke werden tiefer, wenn sich unsere Augen treffen. Auch wenn ich das Spektakel auf der Bühne beobachte, halte ich ihn in meinem Blickwinkel. Denn das ist der Grund, weshalb ich hier bin.

An dem Abend als mir dieses spontane Bauchgefühl kam, war ich mir sicher, dass es sich hierbei um den perfekten Abschluss unserer Zeit handelt. Es endet dort, wo es begonnen hat. Es war ein magisches Gefühl. Ich wollte mich noch einmal versichern, dass mich meine ersten Blicke nicht getäuscht haben. Dass die Art und Weise wie er sein Instrument spielt genau so leidenschaftlich ist, wie ich es in Erinnerung habe. Das sein Blick ein und dieselbe tiefe Faszination ausstrahlt, wie diese eine, die mich beim ersten Mal gefangen genommen hat. Das es diesen Moment wirklich gab. Diesen Moment in dem ich mir dachte „Scheiße. Wie komme ich aus der Nummer wieder raus?".

Und während ich ihn mal direkt, mal aus dem Blickwinkel heraus beobachte wird mir bewusst, dass es diese Momente wirklich gab und immer noch gibt. Mit einem Blick zurück auf die Bühne wird mir außerdem bewusst, dass wir die Halbzeit erreicht haben und ich mir 15 Minuten Pause gönnen konnte. Ich nehme ein Schluck aus meinem Glas, welches die vergangenen 20 Minuten unbeachtet vor mir stand und atme tief durch. Bis ich etwas spüre.

Eine schwarze Gestalt huscht durch den Vorhang die Treppe hinunter. In diesem Moment klappt mir fast die Kinnlade hinunter, weil ich nicht glauben kann, dass er sich in diesem öffentlichen Raum wirklich zu mir setzen will. Und doch tut er genau das. Nur einen Atemzug später fällt mir das Atmen wieder leichter. Er nimmt auf dem freien Sitz neben mir Platz und schaut mir in die Augen. Drängend. Forsch. Unwissend und doch wissend.

„Das ist also aus deiner Verabredung geworden, was?" fragt er mich. Eine Entschuldigung heischender Blick huscht über mein Gesicht. „Ja. Ich hab dich angeflunkert. Aber du kannst mir nicht erzählen, dass es dir nicht aufgefallen ist, als wir die letzten beiden Male darüber gesprochen haben. Ich bin eine absolut schlechte Lügnerin".

Während ich meine Entschuldigungspredigt herunterrattere, sehe ich, wie sich seine Mundwinkel zu einem charmant amüsierten Lächeln verziehen. „Nein, ich habe dir wirklich geglaubt", antwortet er. Doch ich kann ihm das nicht abkaufen. Alle körpersprachlichen Zeichen standen auf „Ertappt". Beide Male als das Thema angeschnitten wurde. „Ich hätte niemals damit gerechnet, dass ich dich hier entdecke. Im ersten Moment war ich mir nicht sicher. Und dann wusste ich nicht genau wohin mit dem Anblick. Die ersten 20 Minuten hat mich das ganz schön aus dem Konzept gebracht", gestand er mir.

Während er sprach, wurde das Lächeln auf meinem Gesicht immer breiter. Ich genieße seine Wärme an meiner Seite. Ich weiß gar nicht genau warum, aber dieses Zusammensitzen mit diesem Mann an meiner Seite an diesem Ort löste mehr in meinem gesamten Körper aus als die gemeinsamen Momente am Nachmittag.

In meiner Vorstellung bewegte sich mein Körper von ganz alleine. Er zog sich das Jeanshemd über die Schulter und drehte sich zu diesem Mann um. Er bewegte meine Hand an seinen Brustkorb und meinen Blick zu seinen Lippen. Sie öffneten sich leicht und signalisierten mir, dass sein Puls reagierte. Meine Hand an seinem Oberkörper spürte den Herzschlag. Schnell. Kräftig. In meiner Vorstellung drehte ich meinen Körper weiter zu ihm, hob vorsichtig das rechte Bein und setzte es auf die andere Seite seines Sitzes. Langsam ließ ich mich auf seinen Schoß sinken. Ein leises Knurren entfuhr ihm rau aus den Tiefen seiner Brust. Mein Kopf sank ein Stück in eine Richtung und meine Stirn berührte die seine.

Eine Berührung riss mich aus meinem Tagtraum und wieder im Hier und Jetzt angekommen blicke ich in seine wissenden Augen. Nachdem ich noch einen kurzen Moment mit meiner Fassung ringen muss, finde ich meine Worte wieder:

„Das ersetzt jetzt aber nicht dein „Ich möchte dich noch ein letztes Mal wiedersehen", hast du das Verstanden?", fragte ich ihn mit einem ebenso drängenden Blick zurück.

„Nein, auf gar keinen Fall. Das hier ist ein öffentlicher Raum. Der zählt nicht." Mit einem Lächeln auf dem Gesicht sinke ich zurück in meinen Sitz. „Ich muss wieder los", sagt er schließlich mit einem Blick auf die Bühne. Ich berühre für einen kurzen Moment seinen Arm und nicke. Er steht auf und geht. Und der zweite Teil der Show beginnt.

Ich genieße den weiteren Verlauf der Geschichte und beobachte die Protagonisten und Artisten dabei, wie sie eine hervorragende Show abliefern. Immer wieder wandert mein Blick hinüber zu dem Mann am Kontrabass. Als sich das Spektakel dem Ende zuneigt, der Showcast den verdienten Abschluss Applaus einkassiert und der Vorhang sich schließt greife ich zu meiner Tasche, werfe mir Jacke und Schal über und gehe langsam Richtung Ausgang. Ich sehe einen Schatten an der Seite der Bühne entlang huschen und muss grinsen. „Ich wusste, dass er es sich nicht nehmen lässt". Und somit geht mein gesamter Plan auf.

Im Foyer angekommen sehe ich ihn in seinem Bühnenoutfit die Flyer der Show verteilen. Während ich geradewegs auf ihn zu gehen, bleibt sein noch durch die Menge wandernder Blick an meinen Augen hängen. Für einen kurzen Moment bleibe ich stumm vor ihm stehen und setzte dann meine Idee in die Tat um.

„Danke für die Show. Du bist wirklich ein hervorragender Künstler und wenn ich ein wenig mehr Mut hätte, würde ich dich jetzt fragen, ob wir uns nicht näher kennenlernen wollen". Ich schaue während meines Monologes in ein schmunzelndes Gesicht. Er weiß genau, was ich in diesem Moment nachhole. „Das würde ich liebend gerne, aber leider Reise ich heute Abend schon ab", antwortet er mit einem süffisanten Lächeln, dass sich langsam von den Mundwinkeln in Richtung Augen ausbreitet. Ich erwidere es, greife noch ein letztes Mal seinen Blick auf und flüstere: „Bis später". Wende mich ab und verlasse das Theater.

ACHT

Ich entscheide mich dazu, schon eine halbe Stunde früher an den verabredeten Ort zu fahren, meinen Laptop mitzunehmen und ein wenig an meinem aktuellen Projekt zu schreiben. Seit ungefähr einem Jahr genieße ich die Zeit für mich, an öffentlichen Plätzen. Ich habe immer wieder das Gefühl, dass in dieser Atmosphäre die Idee noch besser von meiner Vorstellungskraft aufgegriffen werden kann als an einem stillen Ort mit mir allein.

Nachdem ich meine Tasche mit allem notwendigen gepackt habe, sehe ich an mir herunter. Schwarze Leggings und ein grauer Hoodie mit Rückenausschnitt kombiniert mit einem kurzen Sportoberteil, welches die Träger über Kreuz an meinen Schulterblättern entlang verlaufen lässt. „Ob das so eine gute Idee ist?", frage ich mich im Stillen und gehe die weiteren Optionen durch.

„Ich möchte mich einfach nur noch entspannen. Der Tag war lang, aufregend und während ich schreibe, möchte ich die Beine im Yogasitz verschränken können, ohne mir Sorgen machen zu müssen, dass mir irgendjemand unter den Rock schielt. Außerdem hat er mir nie das Gefühl gegeben als sei es wichtig."

Also bleibe ich bei meiner Kleiderwahl, schnappe mir die Tasche, greife meinen Autoschlüssel und verlasse um 20.15 Uhr das Haus. Während ich den Wagen starte, spüre ich, wie Nervosität in mir heraufkriecht. „Was für ein Ende wird unsere Geschichte wohl jetzt erhalten?", frage ich mich. Denn tief in meinem Innern gibt es nur ein Gefühl. Er wird kommen. Als ich bemerke, dass meine Schultern nach vorne gerutscht sind, recke ich mein Kinn, straffe die Schultern und murmle: „And even if. Und selbst wenn er sich dagegen entscheidet, dann bin ich fein damit."

Mit einem überzeugten Nicken hake ich den Gedankengang ab und konzentriere mich wieder ganz auf das Hier und Jetzt, denn allein nur bei dem Gedanken daran, ihn in nur einer knappen Stunde wiederzusehen zieht sich mein Unterleib angenehm zusammen und das Kribbeln in dieser Gegend sorgt zum wiederholten Male dafür, dass sich mein Hungergefühl beleidigt verabschiedet.

Kurze Zeit später parke ich mein Auto auf dem großen Parkplatz mitten am Marktplatz und bewege mich zielstrebig in Richtung Westend. Es scheint leer und ich werfe dem Kellner einen fragenden Blick zu. „Wir werden wohl schon um 21.00 Uhr schließen", teilt er mir mit einem entschuldigenden Blick mit. Mir sackt das Herz in die Hose. Ich bedanke mich, verlasse die Bar und wende mich nach links in der Hoffnung das Café gegenüber länger aufhaben als der Schuppen nebenan.

„Ja, wir haben mit Sicherheit noch bis 10 Uhr geöffnet", versichert mir die junge Kellnerin und ich nehme auf der

Bank ganz vorne Platz. Ich weiß noch, wie ich mir während der Fahrt vorgestellt habe, gemeinsam mit ihm auf einer Eckbank sitzen zu können. Denn wenn mein Plan für diesen Abend vorsieht, so viel Körperkontakt wie nur möglich mit ihm genießen zu können ist alles andere einfach nur eine unbequeme Kiste. Und auf genau dieser Unbequemen Kiste sitze ich gerade.

„Naja. Ich kann froh sein, dass hier überhaupt noch etwas geöffnet hat", denke ich, während ich die Hand hebe, um mir ein Getränk zu bestellen. Nachdem ich meine Bestellung aufgegeben und den Laptop aufgeklappt habe beginnen meine Finger wie von selbst über die Tastatur zu fliegen. Nachdem ich bisher nur ein Sachbuch und einen spirituellen Reisebericht verfasst habe, freue ich mich derzeit an einem Text im Bereich der Belletristik zu schreiben. Es war schon immer mein Traum eine spannende Geschichte für die Fantasie und die Herzen der Leser zu kreieren.

Einen kurzen Moment später stehen mein Martini und der Kräutertee neben mir und ich vergesse die Zeit. Bis zu dem Moment, als die Turmglocken neun Uhr schlagen. Ich schlucke. Schaue auf. Nachdem ich ihm eine SMS geschickt hatte mit der Information in welcher Bar ich sitze habe ich keine Antwort erhalten. Ein unangenehmes Kribbeln macht sich in mir breit. Denn obwohl ich mich darauf vorbereitet habe, dass es so weit kommen könnte, bin ich tief in meinem Herzen nicht darauf vorbereitet.

Ich nehme einen tiefen Atemzug, lege meine Hände wieder zurück auf die Tastatur und schreibe weiter. Ich weiß, dass eine Stunde Fahrtzeit vom Ende der Show sehr knapp bemessen war. Eigentlich ist es kaum möglich das passend zu schaffen. Allein die Fahrt mit dem Auto dauert schon mindestens 45 Minuten. Mit diesen Gedanken kommt mir mein Verstand zu Hilfe, bevor mein Herz anfängt auf dem Drahtseil zu tanzen. Doch nachdem ich im Anschluss an ein paar tausend geschriebene Wörter meinen Blick wieder auf die Uhr meines Laptops werfe und sehe, dass ich seit 20 Minuten versuche mich davon abzulenken, dass ich hier immer noch alleine sitze, weiß ich, dass es an der Zeit ist, einen Schlussstrich zu ziehen.

Ich klappe meinen Laptop zu, suche die Kellnerin, bezahle, packe meine Tasche und spüre, wie meine Halsschlagader beginnt, ein gefährlich schnelles Tempo an den Tag zu legen. Mein Gang fühlt sich unsicher an. Was jedoch nicht an den verwässerten 5cl Martini Bianco liegen kann, die ich vor einer halben Stunde noch genossen habe. Nachdem ich aus der Bar auf den Marktplatz getreten bin, stehe ich dort wie ein verlorenes Rehkitz auf der Suche nach seiner Mama.

Ein großer Teil in mir ist sich im Klaren darüber, dass die einzige Entscheidung, die ich jetzt aus Selbstliebe treffen muss, ist, zu gehen. Doch dieses verdammte Herz. Dieser unerschütterliche Teil in mir. Diese verdammte

Seele, die anscheinend mehr weiß, als mein Verstand jemals greifen kann bringt mich dazu, noch ein paar Schritte umherzutigern. Auch wenn ich es im ersten Moment unterdrücken will, greife ich schlussendlich doch zu meinem Smartphone und wähle Lenas Nummer. Als sie rangeht herrscht Schweigen.

„Was mache ich denn jetzt", wispere ich und spüre, wie das Brennen in meinen Augen stärker wird. „Ist er wirklich nicht da?", fragt sie vorsichtig. „Nein", antworte ich. „Ganz rational betrachtet weiß ich, dass es eine zu knappe Kiste war aus der Stadt in einer Stunde nach der Show hierhin zu fahren. Aber Lena. Auch wenn ich damit in den Frieden gegangen bin, dass meine Geschichte eine 50/50 Chance am Ende hat, bin ich anscheinend doch nicht auf das Gefühl vorbereitet gewesen. Du wusstest von dem inneren Kampf in mir. Von den beiden Fronten. Ich war so stark."

Wieder herrscht Stille zwischen uns. „Er wird kommen. Nach allem, was du mir von euch erzählt hast, wird er kommen", versichert sie mir, während mein Blick von einem Ende des Platzes zum anderen Ende der Kirche irrt. Immer wieder bewegen sich Männer auf mich zu und wenden schließlich ab. Doch plötzlich nehme ich ein Kribbeln im Nacken wahr.

„Lena…", wispere ich. Ich drehe mich um und verliere fast die Kraft in meinen Beinen. „Das kann nicht wahr sein…", entfährt es mir aus meiner trockenen Kehle, während ich versuche, meine mittlerweile mit Tränen gefüllten Augen zurückzuhalten. „Leg sofort auf", höre ich eine deutliche Stimme vom anderen Ende der Leitung. Meine beste Freundin wusste sofort Bescheid und somit löse ich mein Smartphone umgehend von meinem Ohr und lasse es in die Tasche sinken. Mit den immer noch weit aufgerissenen Augen eines jungen Rehkitzes gehe ich Schritt für Schritt auf ihn zu, bis er vor mir steht und mich doch tatsächlich angrinst! Seine Augen erfassen meinen Blick und ich erkenne einen Moment der Verunsicherung als ihm bewusst wird, dass nur wenige Sekunden zuvor Tränen dort zu finden waren.

„Hast du etwa wirklich geglaubt, ich komme nicht mehr?", fragt er fast so vorsichtig, als könnten seine Worte alles bisher zwischen uns Geschehene zerbrechen. Einem kaum deutbaren Nicken folgt ein gehauchtes „Ja", aus meinem Mund und kaum eine Sekunde später spüre ich wie seine Arme um mich greifen und sein Kinn meine Haare berührt. Mit den Lippen an meinem Ohr hält er einen Moment inne, nimmt das leichte Zittern meines Körpers wahr. „Das hätte ich dir nach unserer gemeinsamen Zeit niemals angetan", flüstert er sanft in mein leicht geöffnetes Haar.

„Ich weiß, ich hätte antworten können, aber in dem Moment dachte ich wirklich, dass sich dadurch die Spannung noch einmal aufbaut. Tut mir leid für diesen blöden Gedanken", sagt er, während er mich leicht auf Abstand bringt, die Hände fest an meine immer noch leicht zitternden Schultern gepresst und einem direkten Blick in meine Augen, um seinen Worten das nötige Gewicht zu verleihen. Ich senke für einen Moment die Augenlider, meine Stirn folgt und somit signalisiere ich ihm, dass ich seine Entschuldigung akzeptiere. Aus diesem Moment heraus wenden wir uns voneinander ab, ich spüre, wie seine Hand meinen Arm streift und sich nur kurze Zeit später mit meiner Hand verschränkt, während wir uns auf den Weg in die letzte noch geöffnete Bar machen. Wir bleiben dort bis zum Ladeschluss und genießen anschließend noch einen letzten gemeinsamen Spaziergang.

Schweigend blicken wir gemeinsam Richtung Himmel. „Schau mal, es ist aufgeklart. Wird dir kalt?", fragt er mich mit einem kurzen Seitenblick auf meine vom Mond beschienene Silhouette. „Nein, solange ich dich spüre, ist mir warm genug", antwortete ich und tief in meinem Innern musste ich über diese, vor Romantik triefende, Aussage lachen. Niemals im Traum hätte ich daran gedacht, dass ich mich eines Tages in dieser Situation befinde. Weder in dieser speziellen noch in der der letzten vier Tage. In meiner Vergangenheit ist es immer anders verlaufen. Doch eine Frage brennt mir seit unserer ersten Begegnung unentwegt auf der Seele. In diesem Moment spüre ich den Mut in mir, sie zu stellen, da ich weiß, dass unsere Verbindung in den letzten Tagen stark genug geworden ist, um nicht zum Opfer einer herausfordernden Erinnerung zu werden.

„Aber ist das denn schon öfter vorgekommen, wenn du auf Show unterwegs warst?", frage ich vorsichtig, während ich eine kleine Distanz zwischen uns bringe, um seine Reaktion wahrnehmen zu können. Er richtet sich auf, sodass ich meinen Kopf von seiner Schulter lösen muss und ihn ein Stück erhöht vor mir sitzen sehe. Er nickt.

„Nein. Ich meine, nachdem deine Kinder auf die Welt gekommen sind". Ich sehe es in seinen Augen aufblitzen und verstehe, dass sein Yang mit meinem Yin in diesem Moment auf sehr dünnem Eis tanzt. Als würde er eine Ausflucht suchen, mir keine Antwort geben zu müssen. Ich ergreife die Chance und fange ihn auf.

„Weißt du, eine Sache musst du über mich wissen. Ich stelle diese Frage nicht aus einer Absicht heraus. Das mache ich niemals. Für mich gibt es weder richtig oder falsch noch Gut und Böse. Ich betrachte jede Situation als das, was sie ist, ohne zu urteilen oder mir ein eigenes Bild auszumalen geschweigenden ungefragte Ratschläge zu geben. Es ist, wie es ist, sagt die Liebe. Und am Ende vertraue und folge ich dem Gefühl in mir, egal was in der Vergangenheit geschehen ist oder was für Worte gefallen sind", ende ich meinen Monolog schulterzuckend mit einem weichen und bedingungslosen Blick in meinen Augen.

Ich gebe ihm die Zeit, die er benötigt, diese Worte sacken zu lassen. Ich kenne sein Schweigen. Es könnte mir niemals unangenehm sein, denn ich spüre seine bedingungslos offene Energie.

Nach einigen Sekunden erkenne ich die Veränderung in seiner Ausstrahlung und ermutige ihn noch ein letztes Mal zu einer Antwort, indem ich auffordernd meinen rechten Mundwinkel zu einem vorsichtigen lächeln anheben und das Kinn in seine Richtung recke.

„Ja". Sein Blick ergreift meinen und ich halte ihm stand. Ich erkenne, dass er darin die Bestätigung meiner Worte sucht. Ich halte ihm stand und verleihe meiner Aussage damit den nötigen Nachdruck. „Okay", flüstere ich und schließe das Thema damit, lasse aber den Raum für die Veränderung offen, die diese Verbindung aus empfangendem, bewertungsfreiem Xin und aktiviertem, mutigen Yang jetzt benötigt, um eine neue Form der Liebe zu erfahren.

Es dauert nicht lange bis sich eine Spannung löst und er sich langsam wieder neben mich auf die Bank sinken lässt. Ich hebe meinen Kopf als Aufforderung dazu, in seinem Arm liegen zu wollen und der Platz wird mir gewährt. Wir liegen dort einige Zeit schweigen und ich frage mich, was er wohl vermutet hat, wie ich reagiere? Wir wurde er üblicherweise behandelt, wenn er sich getraut hat die

Wahrheit zu sagen? Ich zähle die Klassiker in meinem Geist auf, die ich vermutlich selbst noch vor knapp zwei Jahren als Reaktion auf dieses Vertrauen erwidert hätte: „Dann solltest du dir mal überlegen, ob das zwischen euch beiden immer noch das richtige ist", fälle ich ein Urteil. „Okay, dann kann ich ja nichts Besonderes sein, wenn das quasi Alltag für dich ist", steche ich ein Messer in das Vertrauen. „Dann sollten wir das Mal abbrechen. Ich möchte erst wieder Kontakt zu dir, wenn du die Sache mit ihr beendet hast", schließe ich meine innere Aufzählung mit einem Ultimatum. Mich selbst zerreißt es innerlich diese Worte zu hören. Wie könnte ich jemals einer anderen Person diesen Schmerz zufügen. Früher war es ganz leicht.

Doch die Frau, die ich heute bin, würde sich zu so etwas nie wieder herablassen. Dieser Gedanke an all die Übergriffigkeit treibt mir die Tränen in die Augen. In diesem Moment spüre ich, wie mein Oberkörper sich enger an seinen Brustkorb drängt. Jeder Mensch handelt aus einem inneren Antrieb heraus. Es gibt immer ein dominierendes Gefühl, welches eine Handlung auslöst. Jeder ist für sich selbst verantwortlich und darf die Erlaubnis dafür erhalten alles zu tun, was seinem eigenen Weg dienlich scheint. Was für ein Gefühl es wohl in ihm ausgelöst hat, dass ich ihm lediglich ein Okay und den damit sicheren Raum öffnen konnte? Haben wir nicht alle unsere Reise hinter uns? Und am Ende hat uns jeder Schritt auf dieser Reise doch an den Ort geführt, an dem wir uns jetzt befinden. Oder besser gesagt liegen. Jetzt nach dem Spaziergang auf dieser Holzbank. Mitten in der Nacht. Und wenn all das in seinem, aber auch in meinem Leben passieren musste, was bisher geschehen ist, all der Schmerz, die Wunden, die Hoffnung und die gebrochenen Versprechen an uns selbst, damit wir uns an diesem Ort, zu dieser Zeit begegnen konnten, möchte ich nicht, dass es jemals anders geschehen wäre.

Doch noch bevor ich diesem Gedanken weiter nachhängen kann und von der kalten Hand der Vergangenheit ergriffen werde, die ich in den letzten Tagen erfolgreich aus meinen Leben verabschiedet habe, spüre ich eine Berührung an meiner Wange. Während ich meinen Gedanken nachhing, hat Franccis sich langsam zu mir gedreht, sodass ich seine Silhouette gegen den Sternenhimmel wahrnehmen kann.

Ohne es kontrollieren zu können schließen sich meine Augen, während er vorsichtig mit seinem Daumen meine Gesichtszüge entlangfährt. Ich atme aus. Mein Körper wird schwer. Er dreht sich noch ein Stück weiter über meinen Oberkörper und ich spüre eine wohltuende Schwere auf meinen Beinen. Plötzlich berühren mich beide Hände. Umfassen mein Gesicht und geben mir einen Halt, der meinen Herzschlag schlagartig beruhigt.

Auch jetzt spüre ich wie seine Finger vorsichtige Bahnen über mein gesamtes Gesicht ziehen. Während sich mein

Körper immer weiter entspannt und sich meine Seele in seine Sicherheit fallen lässt, driften meine Gedanken ab zu dem Moment, als ich ihn das erste Mal sein Instrument habe spielen sehen.

Wie können diese starken Hände nur so sanft sein? Wie kann es sein, dass nicht nur dieser massive Kontrabass von ihm gezähmt wird, sondern ebenso ich? Wie eine Katze winde ich meinen Kopf in seinen Händen, in der Bemühung diese Berührungen weiterhin auskosten zu dürfen. Mein nächster Atemzug kündigt sich tief an und bringt in Verbindung mit einem leisen Seufzen eine andere Dynamik in unseren Moment. Auch ohne die Augen zu öffnen, spüre ich eine vorhin nicht dagewesene Hitze zwischen uns.

Ohne es zu merken haben sich unsere Körper eng aufeinander zu bewegt. Mit einer gekonnten Bewegung öffnet er meine Beine und während ich meine Augen aufschlage, spüre ich, wie mein linker Fuß sich von ganz allein auf seiner Schulter ablegt. Neckend werfe ich ihm einen wissenden Blick zu. Einen Moment hält er inne, löst die linke Hand von meinem Gesicht, was mich automatisch dazu bringt, meine Wange noch ein Stück intensiver in die übriggebliebene Hand zu schmiegen. Drängender. Fordernd. Er nimmt wahr, dass ich anfange, mit unserer Energie zu spielen. Doch es ist nichts im Vergleich zu früher.

Wo ich damals in diesem Moment versucht hätte, die Führung zu übernehmen, weil der ausgehungerte Schatten in mir seinen Stoff und das Gefühl von selbstbestimmter Kontrolle und Sicherheit brauchte, fühle ich jetzt einen freien Fall. Einen freien Fall bei dem ich durch seine Energie gehalten werde.

Als würden Yin und Yang sich gefunden haben und während des freien Falls umeinander herumtanzen. Mein Kopf ist klar. Und dass ich ein großer Unterschied zu früher. Denn in diesem Moment weiß ich, dass meine Entscheidung weiterhin feststeht. So verlockend, wie es sich in diesem Moment auch anfühlt. Es würde so schnell gehen. Einfach den Reißverschluss öffnen, rein die Kiste und das Feuerwerk würde explodieren.

Damals hätte ich die Chance, ohne zu zögern ergriffen. Der Schatten hätte keinen Moment gezögert, wäre über diesen atemberaubenden Mann hergefallen und hätte ihn gezüchtigt in der Hoffnung, damit dem altbekannten Schmerz entkommen zu können. Um meine arme Seele am nächsten Tag in das dunkle und tiefe Loch fallen zu lassen.

Doch ich spüre die Veränderung in mir. Ich fühle, wie ich den freien Fall aus einer Adlerperspektive beobachten und seine Berührungen umso mehr genießen kann. Während seine Hand suchend von meiner Taille auf meine Rücken wandert, hebe ich mich ihm sanft entgegen, spüre wie das Holz der Liege zwischen meinen Schulterblättern und dem Po anfängt zu drücken und genieße das

Zusammenspiel von dem Druck des harten Untergrundes und der sanften Berührung seiner Fingerspitzen auf meinem Rücken. Nachdem seine Hand ihr Ziel erreicht hat, lasse ich meinen Körper in einer Welle langsam wieder zurück gleiten, wobei ich den Moment genieße, in dem meine Hitze seiner Mitte gefährlich nah kommt.

Ein Schauer überzieht meinen gesamten Körper, als ich seine Erregung wahrnehme. Mit noch immer geschlossenen Augen verlasse ich mich ausschließlich auf mein Gefühl. Er nutzt die Hand an meinem Rücken, um mich festen an sich heranzuziehen, mit der stummen Aufforderung, mich all dem kommentarlos hinzugeben. In diesem Moment öffne ich die Augen und blicke einem animalischen Instinkt entgegen. Alles in mir setzt für einen kurzen Moment aus, während ich nicht nur beobachten kann, wie seine herbstfarbenen Augen in einer gefährlichen Dunkelheit versinken, sondern mit der nächsten Berührung meiner Mitte an seine ein tiefes Grollen aus seiner Brust entfährt.

In mir löst sich der letzte Funken Dunkelheit. Ich gab auf. Seine Lippen ergreifen die Kontrolle über mein Bewusstsein und lassen mich alle Zügel lösen. Freier Fall für ein brennendes Yin und Yang. Zunächst ist sein Kuss fordernd. Ich spüre, wie er seine Zunge meine Lippen entdecken lässt und sich langsam, aber sicher ihren Weg bahnt, um sich für einen kurzen Moment später dem Tanz mit der Spitze meiner Zunge zu widmen. Auch mein

Stöhnen wird drängender und ich kann, während dem Kuss meine Zähne vorsichtig um seine Unterlippe bewegen, sodass ein kurzer Moment entsteht, der sich anfühlte, als würde die Welt stillstehen.

Doch lange halten unsere Körper es nicht aus dort zu verharren. Seine Lippen machen sich auf die Reise hinab. Ich spüre eine sanfte Berührung an meinem Hals. Gefolgt von einer kurzen Pause. Sein Kuss wandert noch ein Stück tiefer. Eine Welle der gedanklichen Ohnmacht durchfährt mich und ich kann an nichts anderes mehr denken als seine Lippen an dieser so empfindlichen Stelle meines Körpers. Er nimmt sich Zeit. Kostete den Moment spürbar aus und genießt die Reaktion meiner Energie und die meines Körpers unter der sorgfältig ausgewählten Berührung seiner Lippen. Drei Küsse lang habe ich Zeit ihn zu genießen. Drei heilige Momente die mir noch heute einen wohligen Schauer über den Rücken und eine ungeahnte Hitze zwischen die Beine jagen.

Obwohl wir uns mit Kleidern aufeinander bewegen, spüre ich meine Hitze unwillkürlich an seiner Härte. Er drängt sich mir deutlich entgegen und ich treffe einen Entschluss. „Ein bisschen Spiel wird doch wohl in Ordnung sein. Lass uns ein bisschen am Abgrund des Wahnsinns tanzen …", dachte ich mir und schon suchten sich meine Fingerspitzen ihren Weg in Richtung seines Hosenbundes.

Für einen kurzen Moment spüre ich seinen Atem stocken. Ich spüre das diabolische Grinsen auf meinem Gesicht. Aber aus Liebe auf seine Reaktion. Nicht weil ich das Gefühl hatte ihn in der Hand zu haben. Auch wenn ich einen anderen Teil von ihm wirklich nur zu gerne in der Hand halten würde. Doch nachdem er wusste, mit welchem Terrain meine Hand sich ab sofort vertraut, machen würde lässt er es sich nicht nehmen, dies als willkommene Einladung zu sehen, es mir gleicher Münze zurückzuzahlen. Während meine Fingerspitzen an seiner Haut ihren Weg tiefer am Hosenbund entlang fanden und ich mich förmlich selbst mit der Vorstellung seiner Härte und dessen, was uns erwarten könnte, wenn wir denn weitermachen würden zum Höhepunkt trieb, spüre ich plötzlich seine Hand an der Innenseite meiner Oberschenkel.

Ich sog scharf die Luft ein und klammere mich an seiner Hose fest. In diesem Moment greife ich seine Hand, halte sie mir vor das Gesicht und fange seinen brennenden Blick ein.

„Nein", wispere ich und halte seinem drängenden Blick stand. Keiner von uns rührte sich. Unsere Atmung ließ erkennen, wie sehr wir beide es erfahren wollten. Doch die Königin in mir ist stärker als der Schatten. Wie als könnte er meine Gedanken lesen senken sich seine Lippen vorsichtig und sanft auf meine hinab und geben mir das Gefühl der vollkommenen Dualität unserer Erhitzen

Gemüter. Wir umspielen uns, um das Feuer langsam abklingen zu lassen und kurze Zeit später lässt er sich neben mich auf die Liege gleiten. Ich nehme meine Hand, führe sie unter seinen Pullover und spüre seine warme und starke Brust unter meinen Fingern. Ich spüre seinen Herzschlag. Mein linkes Bein folgte, umschlingt seinen Unterkörper und mein Kopf schmiegt sich in die wie perfekt passende Stelle zwischen Brustkorb und Schulter. Ich höre ihn einatmen. Ich atme aus. Und halte ihn fest. So etwas ist mir noch nie passiert. Ich nehme mir einen Augenblick Zeit mich zurückzuerinnern.

An die Zeit, bevor sich mein Leben vor zwei Jahren schlagartig verändert hat. Ich denke zurück an die zwei Dutzend Männer, die mir in meinem Leben begegnet sind und denen ich nähergekommen bin. Sobald wir uns körperlich nähergekommen sind, habe ich den Schalter umgelegt und wie in meinem Job das Programm abgespielt. Ich wusste, wie an meinem Mischpult auf der Bühne ganz genau, welche Knöpfe zu drücken waren, um eine gewisse Reaktion hervorzubringen oder welche Stelle meines Körpers ich bewegen musste, um eine Reaktion hervorzurufen. Ich habe selten etwas gefühlt. Alles spielte sich im Kopf ab, alles unterstand meiner Kontrolle.

Doch heute habe ich etwas erlebt, dass ich auf diese Art und Weise noch nie empfunden habe. In all den Geschichten, die ich in meinem gesamten Leben lesen durfte, habe ich mich immer gefragt, wie es sich wohl anfühlt, alles um sich herum zu vergessen. Während dem Kuss. Während der Berührung. Ich habe mich immer gefragt, wie es sein kann, dass Menschen sich nicht darum scheren, wer sie beobachtet. Jetzt weiß ich es.

Eine Träne löst sich aus meinem Augenwinkel, zieht still ihre Bahnen und hinterlässt eine dunkle Verfärbung auf seinem grünen Pullover. In dem Moment als seine Berührung meinen Körper durchflutete ist es still in mir.

EPILOG

Ich habe es ihm nie gesagt. Natürlich habe ich in den letzten zwei Jahren viel an mir gearbeitet und vieles zurückgelassen, was nicht mehr zu mir gehört. Aber am Ende war er es, der meine Seele dazu gebracht hat, sich fallen zu lassen. Die Scheinwerfer zu dimmen und den Sinnen eine Pause zu gönnen. Wenn er nur eine Ahnung hätte, welche Prozesse diese Begegnung in den kommenden Wochen und Monaten in meinem Leben losgetreten hat. Und wie dankbar ich ihm dafür bin.

„Himmel", durchfährt es mich in meinen Gedanken, „wie soll ich das bloß überleben?". Denn dass diese Begegnung vielleicht nur für diesen Zeitraum bestimmt war, wissen wir beide. Das wir in diesem Moment der Stein waren, der in den See geworfen wurde, wissen wir beide. Doch wir wissen nicht, welche Wellen diese Begegnung schlagen wird. Und das lässt mich jetzt, wo ich wie das Yin im Yang in seinen Armen liege, schier verrückt werden.

Und sollte diese Begegnung, die nach physischer Zeit ein Wochenende misst, aber auf energetischer Ebene ein gefühltes Leben, doch nur der Beginn für etwas ganz Besonderes sein, werden wir es erfahren, wenn es so weit ist.

Unsere Seelen haben ihren Plan.

IRGENDWANN